日記

む日

森　光子

朝日文庫

本書は一九二六年十二月、文化生活研究会より刊行された
『光明に芽ぐむ日』を改題したものです。

目次

女女かゝる悲しき文字やあるうらみともとき涙ともよむ
女とは男のためにうられゆくあはれはかなき名そといひける

白蓮

初見世日記

×月×日

熊谷の周旋屋《しゅうせんや》が話を決めて帰って行った。この急場を救うには、これより他に道が無い。

金は千円以上借りられるとの事。今の借金には多すぎるが、どうせ借りられるのだから借りなければ損だと言う。それなら××のおばさん（お隣りの周旋屋）が、言ったように、母の死に金に取って置こう。

それにしても、一体あの吉原というところは、どんな所だろうか。何も知らない自分が、そんな所で勤まるかしら？

周旋屋の言った様に、

「怖い事なんかちっともありませんよ。お客は幾人も相手にするけれど、騒いで酒のお酌でもしていればそれでよいのだから、喰物《くいもの》だって東京の腕利きの御馳走ばかり、部屋なんかも、とても立派でね、まるで御殿の様なものですよ。お金にも不自由しないし、着物はきられるし、二三年も経てば立派になって帰って来られるのだから」

仕事とは、そんなものかしら？

しかし、たとえそんなに楽にせよ、お酌でもしていればよいと云うものの……。

そんな事を考えると、また心細く不安になってくる。けれど、厭《いや》だと言っていられる場合でない。御主人に、内密にあの急場を救って頂いたその金も、もうせっぱつまって終《しま》った。どうせ一度、犠牲になると決心した妾《わたし》だ。父を亡くし、あんな不身持《ふみもち》の子を持って、心細がっている母に安心させて、少しでも楽をさせたい。

母さんが言うように、××さんは親類の様に往き来しているのだし、あんな立派な、子供さんもあるのだから、決して悪いようにはしまい。また、その吉原だって、悪い所なら、たとい今どんなに苦しいにもせよ、止めてくれるに違いない。

いずれにせよ、もう決ってしまったのだ。今になってもう厭だとも云われない。運命の神様に総てを御願いしよう。

×月×日

周旋屋《しゅうせんや》が、内金として五百円持って来てくれた。三百円は、すぐ××さんに返した。

×月×日

とうとう行く日が近づいて来た。この頃の妾《わたし》ったらまあどうしたのであろう。何にも手に付かず、何をするにも考えてばかりいるので仕事も一向にはかどらない。吉村さんから頼まれた仕立物も返してしまった。友達のKさんは、

「この頃光子さんは何だか変だわ、何か良い事でもあるの？」

なんて云っている。もうそんな言葉になんか係り合っていられない。あの様な所へ行かなければならない妾の運命と、妾を迎えるあの吉原という所に就《つい》て考え通しだ。妾はどうしてこんなに考えるのだろう。いくら考えたって仕方がないのに、ああ頭が痛む。もう今日からは裁縫所へ行かない事にした、飯島先生には、ただ、

「東京へ行きます」とだけ挨拶して来た。

×月×日

周旋屋《しゅうせんや》が来て、明後日は良い日だから、そのつもりで行く用意をして置てくれと云って帰った。妾《わたし》はいよいよ行かなければならないのかと思ったら、悲しく、情なく、また淋しくなって来た。罪人が牢屋へ連れて行かれる時はこんな気持なのだろう。いくら考えたって、また、例え嫌《い》やだと云っても、お金の手

前、どうせ連れて行かれなければならない自分だ。今更《いまさ》ら悔いても、何んと云っても間に合わないのだ。自分はもうどうなってもかまわない、運命の神の命《めい》にしたがうよりほか仕方がない。そこで持って行く物をすっかり行李《こうり》につめてしまった。今迄着ていた着物は、皆とし子に与える。登美子さんには、銘仙の羽織をあげて、かたみに取って置てもらおう。きっと不思議がるに違いない。あの人にだけ話したいと思うが、どうしてそんな言葉が口から出よう。いつぞや若《も》しこの事を知ったら果敢《はか》ない妾の運命をきっと泣いてくれるだろう。いつぞや二人二人は「いつ迄も仲よく交際して行きましょう。お嫁に行くと、皆往き来が遠くなると云うが、二人丈《だけ》はどんな事があってもね、そしてお嫁になんかならないで二人で暮しましょう」と話した事もある。黙って行くなんて妾も悪いが仕方がない。

×月×日

いよいよ今日は行く日なのだ。妾《わたし》はいつもより朝早く起きた。昨夜はまんじりともしない。母も一寸も寝ないらしい。すすり泣く声が絶えなかった。母は生れた許《ばか》りの小雀が巣から始めてとび起つ時のように、気づかわしげに妾の事を色々心配していた。我が子を手ばなしたくない様子が見える。けれど仕方がない。家が貧しい為に、お前に苦労かけてすまない、と云うように瞳には涙が一杯だった。妾は母の顔を見たばかりで胸が一杯になって何を云う事も出来なくて、共に泣いているより仕方がなかった。妾は母に少しでも安心させよう、心配かけまいと、

「妾の事は決して心配しないで下さい。二三年も過《た》ったらきっと帰って来ますから、安心して待ってて下さいね」と云った。あとはもう涙のほかはなかった。母が心づくしのたちふるまいに、昨夜おそく迄かかった五目飯も、喉に通らばこそ、

「少しでも食べないと、途中困るから、我慢して一杯でも……」とすすめている母を見ると涙がとめどなく落ちている。

「姉ちゃんはいいナア、東京へ行って。お正月にはきっと帰って来てね。お土産は雑誌に、リボンそれから……」何も知らないで土産を考えているとし子のいじらしい姿を見た母と妾は、一度に大声を上げて泣いて了《しま》った。

「東京へ行かっしゃるそうで、お目出度いのう」隣のおたけお婆さんは餞別を持って来て下さった。それのお返しは何日《いつ》の事やら、五年も六年も……。

周旋屋《しゅうせんや》が車二台ひかせて来たので、いそいで涙をふいて立った。母は周旋屋に何か色々私の事を頼んでいるようであった。妾はこんな時、いつまでも家に

いたならばなお悲しさが増すばかりだと思ったので、すぐ荷物と一緒に車に乗った。そして再び車上で母の顔を見ないように、さけながら別れをつげた。

車上で、もう古い歌ではあるけれど、昔、貧しい家の娘が、やっぱり親、姉妹《きょうだい》に別れて、遠い所へ身を売られて往く歌で、

「籠で行くのはおかるじゃないか
　妾しゃ売られて行くわいな
　父《とと》さん御無事でまた母《かか》さんも………」

という哀れな歌を思い出し、丁度自分が今、親兄妹《きょうだい》に別れをつげ、家を後に、程遠い都に売られてゆく情ない姿がその歌と少しも変りはないと思うと、新しい悲しさが自分を奈落《ならく》の底へでもつき落すようだった。

もう一度後へ引きかえして、母や妹の顔を見たい気がしてならなかった。けれども、もう車上のこととてどうする事も出来ず、車はすでに駅近くまで来ていた。

汽車は動き出した。

自分を今迄育ててくれた高崎よ！

朝な夕なに慈しんでくれた観音山よ！

啄木の詩集と一緒になって自分の不運を慰めてくれた烏川よ！

さらば、妾は行くのだ。

妾は泣いていた。周旋屋は窓をしめなければ寒いからと云うけれど涙顔でどうして這入れよう。

「なあに、すぐ帰れるんだもの、悲しい事があるもんか、あっちへ行くと二度とこんな田舎へなんか帰れませんよ。さ、しめなさいよ」

彼は商売の事に就《つい》て語り始めた。

「何でも、男に欺《だま》されないようにして、こっちからうまく欺すようにしなければ駄目だ」と。彼の顔には、ずるい賤《いや》しい、そして野卑な色が現れている。あそうだったっけ。妾は男に接しなければならない商売に行くのだった、と思うと今迄の悲しさは恐ろしさに変ってきた。男に対してそんな行為は、妾にはとうてい出来そうにない。「出来ません、出来ません」といく度話の決る前に云ったことか、それだのに、今それを為すべく足を向けているのだ。何の為、考えはまた父の死に帰って行った。考えはそれからそれへと続く、そうしている内に汽車は上野へ着いた。妾はああもう東京へ来てしまったと考えると、がっかりしてしまった。そして自分が乗って来た汽車をふりかえって見た。

「汽車よ！　お前は妾をどうするの？……」

周旋屋が「吉原迄」と云ったら、自動車の運転手は妾の顔をじろじろ見ていた。

妾は吉原とはどんな所だろうと思っているうちに大きい門へ入った。同じ恰好《かっこう》の家が両側に並んでいる。道の真中には、霜枯れの植木が行儀よく立っている。

もう車は、妾の運命の辿るべき所に着いていた。間口の広い大きそうな家だった。右の入口の看板に貸座敷と云う小文字《こもんじ》が目に入った。妾は周旋屋の後について上った。表で見たより割合に奥は広くて大きい家だ。ばかに沢山の男達が、廊下を掃いたりふいたり、飛廻っている。そして主人《あるじ》らしい男が帳場に座っている所へ、周旋屋と一緒に案内されて行った。そこの左には大きな火鉢があって、お湯が沢山沸かしてある。食堂らしい、そこに電話もある。主人の居間は十畳で、立派である。床の間には、高価らしい軸物が掛っている。妾は方々、家の様子や、作り、中庭などを眺めた。しかし余り方々見まわして、田舎者が始めて都へ出て来たように、きょろきょろしているなどと云われやしまいかと気が付いたのでよした。

妾が始めて逢った主人《あるじ》らしい男はやっぱり主人《しゅじん》であった。丈《たけ》は余り大きくもないが、やわらかい大島の綿入に、同じ柄の大島の羽織を着て、大きい立派な火鉢の前に座っていた。指には毒々しい大きな印材の指輪をはめ、兵子帯《へこおび》にも金の鎖が光っている。随分贅沢な暮しをしているらしく直感された。そして豪傑笑をしていた。

主人は妾に、

「一生懸命働いて下さい」とニコニコしながら云った。間もなく四時を打った。廊下の奥の方から草履《ぞうり》の音が聞えて来た。後から後からと続いて来る激しい音は、次第に自分の方へ近づいて来るような気がした。と同時にそれは花魁《おいらん》である事を感じた。どんな風をしているのだろうと思って見ていると、想像していたのとは全然異《ちが》う、これが花魁かしらとおもった。やッぱり同じ着物を着ている、昔のような恰好をしてはいなかった。どれもこれもねぼけ顔して、白粉《おしろい》はまだらになって、まるで汚《し》みだらけのような顔をしている。島田の横にまがっているものもあった。何とだらしない風をしているのだろう。

自分もいまにあの人達の様にならなければならないのかと考えると、何ともいえない嫌《い》やな感じがした。花魁の中には、柔《やさ》しそうな顔をしている人も、随分意地悪げな人もいる。若い人は自分と同じ位の年だと思った。妾はその人を見た時に、やっぱり妾許《ばか》りこんな所へ来ているのではない、自分と同じ年頃の人もいるのだ。この人はどんな事情で来ている人だろう？　両親が揃っているのかしら？　両親揃っているのなら、こんな所へ来る筈《はず》はない、きっと妾と同じようにどっちか親のない人だろう。それにしても自分もやがてはこの人達とお友達にならなければならないのだ。そうしてお互に身の上を語り合ったりする時がきっと来るに違いない。花魁達は、御飯をたべてから、めいめい梯子段を上って行く人も、また廊下を通って元の奥の方へ行く人もあった。今度新らしい人が来たと云って四五人で話し合っている様子もあった。また一人の意地悪そうな花魁が大きなどてらを着て、どうらんの道中なぞと云ってふざけていた。随分大ぜいいるものだ、そしてこんなに沢山いる内で、何にも知らない妾がつとまるかしらと思った。

　間もなく周旋屋は色々話をして帰った。妾はおばさんに案内されて、かん部屋と云う所、化粧室、風呂場とかをいちいち教えて貰った。そうして今度は、二階の本部屋へ連れて行かれた。廻し部屋だと教えて貰ったが、どう云う訳で廻し部屋と云うのだろう。本部屋には簞笥《たんす》、火鉢、鏡台なぞがある。花魁の本当の部屋なのだろう。それから長い廊下を通って食堂と書いてある所へ連れて行かれた。「ここが引付《ひきつけ》と云って、客と初めて逢った時に、時間をきめたり、遊興費をきめたりする所です」と云う。けれども後でよくわかると思ってよく耳にもしなかった。最後に裏梯子を下りて便所へ連れて行った。妾は便所へ連れて来て何をするのかと思ったら、おばさんは、

[redacted]それが何の為に洗うのかわからなかった。今度は風呂場の後の方へ連れて行って、[redacted]」と云った。けれど、今迄勿論《もちろん》見た事も聞いた事もなかったし、また何の為に洗うのか、どうやって洗うのか分らなかったので、洗わずに来てしまった。それから荷物を、花魁が寝るかん部屋だと教えられた所の押入に入れておいて、しばらく休んでいると、沢山の花魁達はもう風呂から出て来て化粧部屋で化粧に取りかかっている様子である。十二月と云えばもう一寸風にあたっても、身ぶるいすると云う寒さなのに、花魁達は皆お腰《こし》巻一つで一生懸命化粧によねんがない。あんな恰好をして寒くはないのかしら、花魁と云うものは皆裸体《はだか》で化粧するものであろうか。普通の娘であったなら、人に一寸肌を見られても顔が真赤になるのに、あの人達は平気でいる、ここの習慣なのであろうか。また自分のような寒がりやと、恥かしやが、いまにあの人達のように、お腰巻一つで化粧するようになるのであろうか、などと考えて見たりした。そのうちに、何々さんの花魁という声がした。その時の妾は花魁という言葉がほんとうに嫌やな気持がした。妾は、花魁、花魁といく度か口の中で繰返して見た。花魁などと随分見さげた呼《よび》方《かた》をするものだ。それで呼ばれた人もまた返事をするなんて、ふざけて云って

いるのだろうか。妾は花魁なぞと呼ぶ言葉は随分悪い、そして、見さげた下品な言葉だと信じていた。だのに平気で呼んだり、返事をしている所を見るとこの社会だけ、こんな呼び方をするものかと思った。ここは何から何迄珍らしく、自分が今迄いた所と全然異う別世界に住んで、異《ことな》った空気を吸っているような気持がした。そうしているうちやがて夜になった。ばあやらしい人が来て、主人の云いつけだと云って、

「来たばかりで、疲れているでしょうから、今夜は早くお休みなさい」と云って蒲団をしいてくれたので、妾はすぐ床に入った。

這入ったものの、どうして寝つかれよう、色々自分の今迄辿って来た道や、そうして今現に歩みつつある道なぞを考え出すと、二三日此方《こっち》夜も碌々《ろくろく》寝なかったに拘らず、どうしても眠られない。

母はどうしているだろう。妹は淋しがっているだろう。自分一人いなくなっただけでも、母の心持は物忘れがしたようであろう。妾程運の悪いものはない、いくら運命とは云いながら、よもやこの自分がこんな所へ来《き》ようとは思わなかった。こんな社会を、何より悪いものとけなしていた自分は、どんなに困っても決してこんな所へは来《く》まいと思っていた。その自分が、その自分が……まるで夢のようだ。夢のような気がしてならない。そうして自分で自分の体を見廻

して見たりなどした。ああ悲しんでも仕方がない。そうだった、妾ばかり不幸じゃない。ここにいる人達も皆妾と同じような人達ばかりなのだ。妾よりもっと不幸な人達も沢山いるのだろう。もう泣くまい悲しむまい。泣く事があるものか、悲しむ事があるものか、妾が泣けば、今迄母に安心させたのが皆無になってしまうではないか………。

ふと目が覚めると、廊下でがたがた、ばたばた、やかましい音がしている。自分は夢を見ているのじゃないかと思った。それでも自分の家に寝ているような気持がしてならなかった。少し過って、やっぱり家ではなかったのだと知ると、再び悲しい涙が落ちて来た。また家の母や妹の事を考え初めた。そうして急に家に帰りたい気持になって来た。

二階でもやかましい音はやまず、相変らずばたばた音をさせている。今頃何をしているのだろう。もう十二時過ぎたらしいのに、まだ寝ないのかしらと思った。そうしてたえず、花魁達が、自分の寝ている所を通って、風呂場の方へ行くが、何しに行くのだろうかと不思議でならなかった。

×月×日

朝ふと目を覚ますと、ばかに騒々しいので起きて見ると、花魁達が男に顔を洗わせていた。あの人達は何だろうと思って見ていると、若い人ばかりらしかった。あんな商売になると、まあよくもあんな平気で男に接するものだろうか。そして客は皆宿《とま》って行くのかしら。

暫《しばら》くして、客を帰してしまったのか、二三人妾《わたし》のいるかん部屋へ這入って来て、小さい四角の火鉢によった。そのうちの一人が、

「あなた今迄どこにいたのですか？」

妾は娼妓にしては随分言葉使いが丁寧だと思った。

「ここが初めてです」

「おや、じゃ何にもこんな所の様子がわからないでしょう」と彼女は寝不足の眼でしげしげと妾を見ながら云った。

「ええ」と妾は、小さい声で云って下をむいた。すると一人の花魁が、他の花魁に云うのに、

「初めてじゃ、少し無理だね、でも少しなれりゃ何でもないわね、妾だって初めての時は男のそばへよるのが怖いと思ったけれど、今じゃ男なんか、何とも思わないさ、皆そうなるんだよ」

そしてしきりに客の話をしはじめた。そばで聞いていても、自分の方が恥ずかしくて聞いていられないような事迄平気で云っている。

いまに妾も、あんな下品の事まで云うようになるのだろうか。自分も、とうとうこんな所へ来るようになってしまった。人間もこんな所へ来るようではおしまいだ。けれど自分の心さえしっかりしていれば、周囲の空気にそまるような事は決してあるまい。

やがて「仲どん」と呼ばれた男が花魁の蒲団を持って来て、寝るばかりに敷いて行った。妾は花魁自身が寝る床まで男にのべさせるのかと驚いた。随分この生活は変だと思った。

午後母に安心させる為、手紙を書いた。

「ここは思ったより楽そうです、仕事もたいした事はないと、ここの人達も云っています。御安心下さい。二三年経てば大丈夫帰れます。安心して待っていて下さい。後でとし子にも手紙を出しますから」

というような意味を書いて出した。

×月×日

金六百円楼主から家へやる。

前に内金五百円と今度六百円都合千百円だけしか家へ入らない。そして、証文は千三百五十円。

そうすると、二百五十円は周旋屋《しゅうせんや》が取る事になる。あんまり酷《ひど》すぎる。どうしてそんなに取られるのか、不思議でならない。

今日来たときに計算してくれといってやったから、後で持って来るだろう。

×月×日

今日は戸籍謄本を持って、娼妓とどけに、警察へ行った。娼妓掛の人に色々聞かれた。

「何の為に娼妓になるのだ。男の為だろう」などとおどかしつける。その声が余り大きいので、きまりが悪くて顔が上らなかった。他に来ている人達が皆妾《わたし》の顔を見ていた。どうしてあんな事を云うのだろう。もう少し小さい声で云ってくれればよいにと思った。その内また、

「お前はどうして借金を返《な》すのだ。一つそこでやって見ろ。一人でやれなければ俺が手つだってやる」などと、どなるので顔から火が出るようだった。あたりにいる人など目に入らない、とび出したくなった。ようようの事帰れと云われたので、ああよかったと思って帰って来た。門を出るとすぐついて来た男の人に聞くと皆ああ云うようにおどかされるのだと云われた。警察へは後二度行かなければならないとの事だが、またおどかされやしないかと思って行く気に

なれなかった。

午後二時、すぐ近くの写真屋へ写しに行く。

×月×日

警察へ行く日は今日だけだそうだが、またあんな嫌《い》やな事を云われるのかしらと、びくびくしながら行ったら、今度は思いの外《ほか》やさしく、「一生懸命働いて、借金返して、一日も早く家へ帰って親妹弟《きょうだい》に安心させてやるがいい」と云ってくれた。その時は随分嬉しかった。

警察の手続はすんだのだそうだ。

ああもう妾《わたし》は娼妓になって仕まった。娼妓に……妾の一生はこれで終るのだ。泣いたって、悲しんだってもう駄目だ。運命だ、諦らめよう。

×月×日

もう今日で丁度来てから十日になる。いよいよ店へ出るのが間近くなったと云うので、吉原病院へ健康診断を受けに、おばさんに連れて行かれた。そこで名前、学力などを聞かれて、後《のち》、診察していただく事になった。先生は、身体を見る方と、しもを見る方は別々であった。初め身体をすっかり見てしまったので、[redacted]。他に初めてらしい人で見て貰うのが三四人いた。妾《わたし》は台へのぼれと云われたけれど、どうのってよいのか、またきまりが悪いのとでまごまごしていた。先生に、「これから商売をするのにそんな事では駄目だぞ」と云われた。顔から火が出るような、いやな思いをして、やっと見ていただいた。

警察ではあんな事を云うし、病院でもこんな事を云っている。そんな事を考え合すと、どうも変だ。男に接する事は商売だ、と自分でも分っているが、もしかしたら……。

でも周旋屋《しゅうせんや》の云うように、「そりゃ男だもの性慾の起るのはあたり前だ、その時女がうまく、それを断るようにするのだ」そうすればよいのだろう。それにしても荒くれ男やお酒でものんだ男にぶつかったら……。

×月×日

そろそろ店へ出る仕度をしろという。ああ、とうとうあの人達と一緒に働かなければならないのかしら。どんな事をするのだろう。妾《わたし》は色々男の事を考えたら、何だか恐ろしいような気がしてならなかった。ああ、困った、もし色々要求されたら何と云って断ったらいいだろう。妾にうまく云いぬける事が出来るだろうか。強く、強く、自分の心の中では囁いている。

×月×日

出る日が目前に迫って来たので、心配でならない。髪も結った事のない、島田のつぶれたような所へ赤い布《きれ》をかけなければならないし、しかけと云うものも着なければならない。自分が髪を結ったり、しかけを着けたりしたらどんな風になるだろうか、なぞと自分が自分がすっかり花魁の風をした時の姿を想像して見た。

主人が呼ぶから行って見たら、

「もう店へ出る日も近くなったから名前をつけなければならない」と云う。

小光《こみつ》、花里、春駒の三つのうち、どれにしようかと云う。

小光——妾《わたし》は今は光子じゃない、暫《しばら》くの間光子より遠ざかって自分を殺している。どうして光の字を使われよう。

花里——里の字は好きだが花の字は悪いと人々から聞かされていたのを思い出してこれもやめ。

春駒——妾は強くならねばならないと思っていたし、午年の生れだから、

「これがいいでしょう」と云うと、主人も、

「それならそうしよう」と云った。

おお妾はもう光子じゃない、そして別の人間として生きよう。そうしなければならない、やがてほんとうの光子に帰った時、矢張《やは》り今迄の光子でいるかしら。妾の光子よ、さらば！　お前ともう別れなければならない。今日きりで別れるのだ。お前よ、光子よ、待っていておくれ。妾はもとの光子にきっと帰って来るから、きっと……。

光子の最後の涙が春駒の字の上にとめどなく落ちて止まない。

×月×日

とうとう店へ出る朝になった。おばさんが髪の道具をすっかり買って来てくれた。他の花魁より一番早く結って貰った。結っているうちにも、生れて初めてこんな髪をするので自分によく似合うかしら、どんな顔付になるだろう、などと考えて鏡を見ていた。髪結《かみゆい》さんは、

「初めての人の髪は結いづらい、この方はまだ、びんのとかし方も知らないのだから、ほんとに困ります」と云っていた。

妾《わたし》はだんだん見ているうちに自分の顔が余り変ったので驚いた。これが自分の顔かしら、と不思議に思うくらいだった。変り方がひどいので、自分ではな

いような気もした。どうにかこうにか結い上げた髪結さんは、「割合によく出来た。花魁よく似合ますよ」と云った。妾は初めて、自分が花魁と呼ばれたとき、いやに花魁と云う言葉が気になった。けれど自分はもう花魁と呼ばれなければならないのだ。そして何と云う姿なんだろう。とうとう、名から姿までほんとうの花魁になってしまった——と自分の姿を洗面所の大きい鏡にうつした時、情ない、淋しい気持になった。これが自分の姿かと幾度も鏡にうつして見た。そこへおばさんが来て、いちいち色々の事を指図しはじめた。

「髪を結ったら、一寸顔を洗って、早く休まなければいけませんよ、今夜から皆と一緒にお店へ出るのですからね」と云われた。また、

「後の仕末や、夜の仕度はおばさんがすっかり揃えておくから、早くお休み」と云ったので自分では眠れまいと思ったが、横になった。横になったけれど、どうして寝られよう。今夜から店へ出なければならない。またしも心配になって来た。恐ろしくなって来た。男の所へ出なければならないのかしら、明朝皆のように客に顔を洗わせなければならないのかしら、そして同じようにお化粧を裸体《はだか》でしなければならないのかしら、恥ずかしくないかしら、馴れれば皆平気になって仕まうのかも知れない。あの人達だって初めてのときは、妾と同じ

ような思いをして来たのだろう。何もかにも一緒にしなければならない、とそれからそれと考えると眠れるどころではなかった。寝よう、寝ようとすればする程、目はさえるばかり、そのうちにおばさんが起しに来た。

「早く起きた人から、御飯をたべて風呂へ入りなさい」と云われたので、丁度自分とおなじくらいの人が起きて来たので一緒に食べに行った。その人は清川さんと云うのだそうだ。妾に色々の事を教えてくれた。誰よりも早くその人になじみ、何でも分らないことがあれば、聞かれる人だと思う。御飯をたべてしまったので、その人と一緒にお風呂へ入った。妾が入っているうちに、後から後から他の人達が入って来た。清川さんが妾に、何もかにも世話をやいてくれるので、蔭で、

「清川さんはいい物好きだ」と云っているのが耳に入った。どこにでも意地の悪い人がいるものだ。自分の為に云われた清川さんに気の毒だと思った。それから妾も他の人のように化粧を始めた。けれど、裸体で化粧することはとてもきまりが悪くて出来なかった。そうして毛糸のシャツを着て始めた。化粧するのも何だかきまりが悪いような気がした。後から一人風呂から出て来た花魁が、

「新規さん、はだぬぎになって、化粧するといいわ、着物がたまらないわ、でもなれないうちは寒いけれども……」と云って親切に教えてくれた。妾はその

時、化粧もすんだ頃なので、手を洗って着物を着た。暫《しばら》くして、かん部屋で清川さんと、色々話をしたり、風呂で悪口を云われた事を詫びたりした。清川さんは何とも思っていないらしく、

「いいえ、かまわないのよ、他人のより集りですもの、意地の悪い人もいれば、いい人もいるわ、いちいちそんな事を気にしていられないですもの、何とも思やしないわ」と云ってくれたので、ほんとうに嬉しかった。そのうちまたおばさんが来て、

「すぐ仕度しなければ、店が付いているから間に合わない」と云って、長襦袢と、伊達巻と、上襟と、しかけを持って来た。何《いず》れを見ても赤いものばかり、妾がこれ等のものを着けたら、どんな姿になるだろうか。髪もこんな風に結って、白粉《おしろい》もつけて、そうしたらまるで昔の花魁の姿のようになりはしないかと思いながら着はじめた。いちいちおばさんが指図し続けであった。そこへ他の花魁がすっかり化粧がすんで入って来た。妾はなお恥ずかしくなって来た。皆今晩から初見世《はつみせ》さんが出るのだ、妾の初見世の時もやっぱりこんな風であったと云ったような顔をして、しきりに見ている。

「初見世のうちは一番きれいね」

「妾もこの姿を見たら、初見世になりたくなった」などと云っている。

妾はしかけをおばさんに後から着せられた時は、前よりも以上に、変ってしまっていた。これが自分であろうか。光子の姿はもうなくなっている、春駒の姿に変っちゃったんだ。春駒の姿に……。

今迄仕度に気を取られていた自分は、この変った姿を見るや否や、また急にがっかりしてしまった。花魁達は、

「ほんとうに若い人は、派手なものを着ると引立つわね」

「ほんとにきれいだわね。妾位の年になればもう駄目だけれど、何でも若いうちが一番いいわね」

「妾位の年って、いくつだと思っているのさ、年増らしい事を云っているよ」

「そうさ、もうおばあさんだからね」などと頻《しき》りにふざけている。他の人達も、

「まあきれいね」と云って羨ましそうに見ている。

皆にさわがれるので客の事など少しも考えない――

今迄不安であった、心配し通しであった、客に何をされるのか、どんな男に初めて出るのか、どんな事をするのかなども考えず、ただ余りに自分の姿が変ったのに気を取られて、そばに見ている人達に対して恥ずかしくもあり、高慢らしい気持にもなって見た。それにしても、こういうものを着せられて、赤いものずくめで、はでなしつけ姿の自分を、大ぜいの花魁達に取り巻かれている

のを見ると、御殿からお姫様が大勢の侍元《こしもと》に護られて、出て来たような気持にもなった。

店の方では、しきりに縁起をつけているのか、きり火の音が、かまびすしい程聞える。

そこでまたおばさんが、

「初めて出るのだから、一番はじめは御主人の所へ行って挨拶しなければならない」と云うのでおばさんについて行った。おばさんが初め、

「今晩から初見世さんが出勤いたします、どうぞ宜敷く」と云ったので、妾も後から小さい声で、

「どうぞ宜敷く」と云った。

主人は待ちかまえていたかの様子して、にこにこ笑いながら、

「おお立派に出来た。今晩から他の皆さんにもまけずに、一生懸命働いて下さい」と嬉しそうな顔付であった。その時妾は、一生懸命働いて下さいと云う言葉を聞いて、一時に怖くなって来た。店へ出ると云う事が、ばかに恐ろしいような気持がして来た。胸にどうきが、うって来たように感じた。男に何をされるのかと思うと、恐ろしさは一層はげしくなって来た。そんな事を考えながら、店の番頭の所へ行き、最後に張店《はりみせ》と云って、花魁達が集っている所へ這入る事

になった。

　おばさんが障子をあけると、内に座って今迄何やら話をしていた花魁達は、妾の方へ一時に視線をむけた。妾はまだ、しかけの襟を持つのになれない手つきでつまを取りながら、おばさんの後について入った。が今晩からこの人達と同じように、花魁と云うかたがきのもとに働かなければならないと思ったら、何となくまた心細くなって来た。そうして前と同じように皆さんに挨拶した。花魁達も、

「おめでとう」と云った。妾は何がおめでたいのだろうと思いながら、どこへ座るのだろうと入口にまごまごしていたら、部屋の片方の若い花魁ばかり集っている火鉢の方に時々妾に色々教えてくれた清川さんがいて、

「ここがあいていますから、ここへ来ておあたんなさい」と親切に云ってくれた。

　張店には四角の火鉢が二つあって、片方の火鉢には中年増と云ったような人達ばかりで、片方は今をさかりとキャアキャア騒ぐ若い人達ばかりである。大勢の花魁達はまだ妾の方ばかり見ている。中年増連中も妾の風を見てはしきりに何か話し合っている。

「妾がここへ住替《すみかえ》して来た時などは、しかけのものもよかったけれど、今は柄

ばかりよくても、からものが悪いったらないからね」などと云ったり、しかけの価《あたい》まで云いはじめた。

店では番頭がしきりに客を呼んでいる。店先には、「初見世、春駒」と大きく書いて、はってある。写真もチャント出ている。

廓では、初見世と云えば、出た夜から一ヶ月新規初見世と云う札がかかって、店が付いてから、一ヶ月間誰よりも先に初めて上った客へ出るのである。そうして出るのに、他の花魁より一番先に客の所へ行くので、他の花魁達に対して「御順すみません、只今すぐ」と云って上って行くのだとおばさんに教えられた。また初見世中は、張店で、物をたべる事も出来ず、タバコものむ事も出来ず、足を出す事も、口かずも多くきく事が出来ない、本一つ見る事さえ許されない。初見世のうちは、何でも大ていの事はがまんしていなければならないと云いきかせられた。タバコをのむ人であったならば、張店の外へ出てのむ事は許されている。そのようなきそくになっていると、他の花魁達も教えてくれた。

張店は、中庭に面している。庭には細長い曲った池があり、その池の後は築山になっている。左側には灯籠がある。灯籠の火は風に吹かれる毎に暗くなって、あたりをうすぐらく照らしている。庭の草葉のかげからは、名も知れない虫の音が、かすかに聞えて来る。

この寒いのに何と云う虫だろう、何という哀れな音だろう、早く死ねばああした悲しい哀れな泣き音を出さずにすむであろうに……。

その、時々うす暗くなる灯籠の光と、哀れな虫の音が一層妾の心を淋しく憂欝にした。

師走の寒い淋しい風は、故郷の方から吹いて来る。母の泣き姿、「早く帰ってね」と云う妹の愛らしい、いじらしい顔がまた自分の前に現れてくる。妾の瞳は急に熱さを感じた。

ふと花魁達の騒しい話声に、ハッと我に帰えると、客の事が気になってきた。だがまだ上らないらしい、ああまあよかったと思った。他の花魁達は頻りに客の事を云っていた。あっちのすみでは、娘時代に方々とびまわって遊んだ話などをしているのもある。

「中々口があかないね、何か食べて上の方の口あけをしてやろう」などとあくびしながら云っているものもあった。おかしな事を云っている人だ。皆退屈したせいか、膝をくずしているのもあり、立膝をしているものもあり、立って髪をいじっているのもあって、あっちこっちへかたまっている。自分は何か話でもして苦を忘れようと清川さんに「店が付く」と云う意味を聞いてみた。

「夜稼業《よかぎょう》するのに、縁起と云うものをつけるのです。それは神様へお灯明をつけて、きり火を打つのです。縁起をつけるという事はまあ早く云うと、商売繁昌とでも云っておがむのでしょうね」などと話してくれた。また張店に集ると、やっぱり花魁にも一人一人きり火を打って、縁起をつけるのだと云っていた。

そんな話を聞いているうちにも不安と恐ろしさにふるえている。で中々客が上らなければよいなどと思いながら心の中で神に祈っていた。すると店の方で番頭が、

「お客様！」と怒鳴った。妾は、体が一時《じ》に熱湯に突落された様に感じた。自分が誰よりも一番先に行かなければならないと思うと、胸のどうきがはげしくうって来た。どんな人だろうか。年とっている人であろうか、などと心配でならない。居ても立ってもいられない。間もなくおばさんが梯子段を降りて来た。今自分の名を呼ばれるか、いま呼ばれるか、自分でなければよいなどと慄《ふる》えていると、おばさんは、

「××さんのお馴染よ、いらっしゃい」と云ったので、妾は「ああよかった」と心の中で叫んだ。全く救われたようだった。もし妾だと呼ばれたらどうしようと思っていたのに、まあ安心したと思って胸をなでおろした。けれど、後また上るのだと思うとその安心も忽《たちま》ち消え去って、また元の不安が妾に帰ってくる。一度はどうしても上らなければならないのだと思うと、泣きたい程だった。

他の花魁達は、どうして平気でいるのだろう。妾ばかりこんなに心配しているのだろうか、などと考えているとまたしも店で、

「お客様！」と、また上ってしまった。そうしてまた他のお馴染であればいいなと心の中では一生懸命おがんでいた。再びおばさんが来た。誰の人かしら、名を呼ばれなければいいがと思っていると、今度はおばさんが妾の方をむいた。同時に妾は上らなければならないのかと思っていると、

「さあ初見世さんいらっしゃい、皆さんに御順すみませんと云って」

妾は胸のどうきが急に酷《ひど》く打ち出した。逃げ出したい気になった。他の花魁達は、いよいよ初見世さんが初めて客を取ると云ったような意味ありげな顔して皆笑って見ていた。

「ヤットロがあいた」と云ってた花魁もあった。足をなげ出していた、中年増の花魁が、

「新規さんはいいな、初めて今夜から、

様にしなければ

――」と云って笑っていた。おばさんにせきたてられて「御順すみません」も口の中、はきなれない高い草履《ぞうり》も、ようようの事、梯子段を上る自分の足も力がなかった。

お酒でも飲んで、早く帰ってくれる人なら良いと思い乍《なが》ら、一つ一つ昇って行った。遣手《やりて》部屋では、床番や下新《したしん》が、笑い乍ら、

「おめでとう……」

と云った。何がおめでたいのだろうと、思った。


（六行と十八字　伏字）

……


やっぱり妾は黙ってうつ向いていた。

お婆さんは、客に向って、

「この花魁は、今晩は初めて初見世に出たので男をまだ知らないのですから、どうぞお手やわらかに。名は春駒と云うのですから、精々ごひいきに」と云うと、客は、

「今晩始めて出たのかね。春駒――フン――成程《なるほど》、いい名前だね」と云った。

その中《うち》に、客はお酒を一本つけてくれ、と云った。やがてお婆さんが二合瓶を持って来て、燗《かん》をした。「さあ、こちらへ来てお酌なさい」そう云ってお婆さんは出て行った。飲み始めた客は妾に向って、

「花魁は幾才《いくつ》?」

「十九です」

するとまた客が、

「十九か、もうすぐ二十才だね。今が一番良い時だろうハハハ……。それはそうと、どうして花魁はそんなに下ばかり向いているんだ。恥かしいのかねハハハ……」

妾は、穴へでも入りたい思いで、うつむいてばかり居た。

お酌もしないで、ぼんやりしている自分に気付いて、妾はまごついた。

しばらくして客は、

「もう酒はよそう。花魁部屋へ案内してくれ」と云ったので、妾はなんの事か、良く解らないので、でも一度お婆さんに聞いて見ようと思って、お婆さんの所へ行った。

「客が部屋へ連れて行ってくれと云うけれどもどうしたら良いのでしょう?」

と云った。おばあさんは、

と云った。妾はとうとう部屋へ連れて行かなければならないのかしらと思って、十五番と書いてある部屋へ案内して入った。すると床が敷いてあるので驚いた。

「早くしかけをぬいで、羽織と着替えなさい」と云うので、着替えた。すると妾に向って、

「別に他の話では無いけれど、あなただってここの家へ来たからには、一生懸命働いて、借金を返さなければなりません。下に居る花魁達に負けない様にして、客を上手にとりあつかって下さい。妾もこうやって同じに家に居《お》れば、たとえ他人でも、あなた達の親として、面倒を見る積りだから。またあなた達も、妾の云う事を良く聞いて、世話を焼かせない様にしてくれなければ困ります。この稼業が楽だと思ったならば、間違って居ます。金を取って、そして、この稼業で、御飯を食べて行うとすれば、どんな業《わざ》でも容易な事ではありません。楽をして金を取れると思うと、間違っています。何んでもこの稼業に入ったならば、客をうまく気嫌を取り、第一花魁と云うものは、客に惚れるものではありませんよ。花魁が客に惚れて仕舞えば、もうおしまいです。それは、男と女だから、この男はいい男だと思う位は、当り前だけれど、余り深くなって惚れ

て仕舞うと、花魁自身を亡す元だから。決して、花魁は客がどんなに親切らしいことを云っても、客のやつ何を云ってる位に思っていて、丁度良いのだから、何んでも客の自由になって、うまく欺《だま》して、通わせる様にしなければ嘘です。そうしたら借金はすぐへって失《しま》うから、少し位無理云われても、決してさからわず、甘《うま》く附合わなければなりません。そうして今度の新規さんは、沢山お客様が来る、お馴染が来ると云われる様にならなければならない。あなたも今夜始めて客の所へ出る事なのだから、尚更、客を大切にして、一生懸命やって下さい。解らなかったら、何んでも聞きにいらっしゃい。お客様が何を要求しても、嫌《い》やだなんと云ってはいけません。ではお客様も待っているから、早く行って、一緒に休みなさい」と云われた。

妾は「ええ」と云ったものの、このお婆さんの話を聞いて驚いた。そしてその言葉の一つ一つを考えて見た。稼業が楽だと思っていると間違っていると云った。決して楽を望んではいないけれども、余りにも意外な言葉を聞かされたので、只驚かざるを得無《えな》かった。どんな事をするのかも知らずに来た妾に、客の要求通りになれ、自由になれ、どんな無理されても、さからってはいけない、何をされてもいやだとも云えず而《しか》も、そんな事は覚悟していなければならないと云った。

なんと云う馬鹿にしている言葉だ。今迄周旋屋《しゅうせんや》の云った事が、大抵嘘で、妾は欺されて、こんな所へ来て仕舞ったのだと思うと、くやしさに胸の中がかきむしられる様で、泣かずにいられなかった。今迄自分の想像していた事とは全々異《ちが》う。……妾はどうしてよいか解らなくなって仕舞った。

お婆さんは、客と一緒に休めと云った。そうすれば、どんな事になるかしれない……と思うと、もう恐ろしくて仕様がなかった。

だが、なんとかして客のそばへ行かない方法はないかしらと考えた。「若《も》しもの時に甘く云い抜けるのが花魁の手だ」と周旋屋は云っていた。なんとかうまくし云い抜ける工夫はないかしらとも考えた。だけれど、今迄馴れていれば、どんな事もうまく話も出来るだろうが、今の妾は男に口を開くことさえ自由に出来ない上に、どう話せば良いのかも解らない。始めて男に接し、まして、…………。

妾は恐ろしさのあまり、色々と考えて見た。

誰かに、他の花魁にでも、相談して見ようかしら。でも変な事を聞いて、妾が笑われたり恥かく様な事があっては、と思ったりした。

それに考えて見れば、まだまだそんな事迄相談の出来る親しい朋輩もなかった。

「何をぼんやりしているの、早くお部屋へ、お出でなさい」

お婆さんにまたせき立てられて、部屋の前まで来たけれども入れない。通り過して、お婆さんには、便所へ行く風をして、裏梯子段から階下へ下りて仕舞った。

「お客様がお待ちだから……」

おばさんが、さっき云った言葉を思い出したが、どんなに待っていても構わないと思って、洗面所の所に立って、どうしようかとまた考えていた。と、妾の前に客の上った花魁が、やっぱり裏梯子段から下りて来て、ぼんやり立っている妾を見て、

「新規さん、どうしているの」

と云い捨てて、風呂場の方へ通り過ぎて行った。すると下新が二階で、

「春駒さん！　春駒さん！」

呼ぶ声にハッと驚いた。

妾は仕方なく二階へ上らねばならなかった。

「春駒さん、何をしているの。お客様が花魁はどうした、と云って来たから、早く行かなければ困ります。お婆さんにでも聞えたら、またやかましくて仕方がないから、私が迎えに来たのよ。早く行って下さいよ」

「エエ今行くところです」

とは云ったが、胸の中はこわくて仕方がなかった。妾は、どうしても、一度は行かなければならないのかしら。どんな事を云ったらよいだろうと考えていたが、また催促に来られると思ったので、一思いに入って了《しま》おう、そしてそれから、何とか考えて云い抜けをしよう……と恐る恐る障子を開けた。

　すると客は煙草を吸って、待っていた様子で、妾の方を振りむいた。

　何と云ってよいか、一寸困ったが、少したって小さい声で、

「すみません」

と云ったが後の言葉が出なかった。

　妾は客が何か云い出しそうな顔をしているので、どんな事を云い出すかしら、とマッチをいじりながら、ためらっていた。

　すると、客は、

「花魁、寒いから　しようじゃないか」

「妾少しも寒くはありません」

「寒くないの？　寒くなくても、早く床の　」

と云った。

「エエ」とは云ったものの、さっきお婆さんに云われた言葉を思い出すと、ど

うしても入れなかった。どうにかしてうまく云って寝ない様には出来ないかしら、と一生懸命考えた。

「花魁、何を考えているの。考える事なんか床の中へ入って、いくらも考えられるじゃないか。心配な事があったら、僕に話してもいいだろう。僕だって話によれば、何とか相談相手になれない事もないから」

と云って、妾の顔を見た。

「いいえ、別に心配なんかないのですけれど」

妾もそう答えたけれど、妾が今こんなに、恐ろしがっているこの客が、自分の事を心配してくれるのかと思ったら、うれしくもなった。そして案じた程恐ろしくはないとも思《おもわ》れた。だがさっき云った、お婆さんの言葉が、気になって仕方がない。どんな事を云われたって、従わなければならない。周旋屋はそうは云わなかった。

「客だって性慾が起るのは当り前だ。その時甘く云い抜けるのが花魁の手なんだ」と云った。それだのに、さっきお婆さんの云ったことは……憎んでも憎んでも、あきたらないのは周旋屋だ。妾を死より恐ろしいこんな所へ入れて仕舞った周旋屋を呪わずにはいられない。だがもうこんな所へ来てから、どんなに悔いても仕方の無い事だ。

もう帰りたいと思ったって、帰る事は出来ない。どうしたらよいのだろう。お母さんがこんな事と知ったら、どれ程、嘆くか知れないなぞと思うと、客の前も構わず泣いて了った。色々そうした事と考えると、居ても立ってもいられなくなって、気が遠くなる様な気がする……。

「花魁、どうしたんだい、泣く程何が悲しんだ。心配事でもあるなら、云ってよい事なら聞かせないか」

客は、不審顔できいた。

「いいえ、なんでもないのです」

と云ったが、…………妾はもう帰ることは出来ない。こうなるのも皆運命なんだろう。もう自分はどうなってもかもうものか。もし間違ったら死ぬ迄だ。どんな男の前だって、少しもおそれる事があるものかと云う気になって了った。

×月　×日

何と云う馬鹿な自分だろう。

もう泣いたって、悲しんだって、取り返しの付かない自分になって了《しま》った。

こう、誰がしたのか。

それは周旋屋《しゅうせんや》ではないか。自分の世間知らずにつけ込んで、甘《うま》い事を云って、しかし、自分の馬鹿さにもあきれる。自分はつくづく嫌《い》やになった。ここへ入れられてから、だんだんと中の模様がわかって来た。そして自分の心配していた事が不幸にも当った事を知った。

帰ろうとした、帰れない。お金を借りてしまった。焼石に水のよう、もうとっくに消えてしまっている。帰れない。

逃げ出すとしても、とても出られそうもない。警察の手にかからねばならない。これが自分の運命かと諦めようと努力した。諦められない。

もがいた、死のうとした。か弱き母と幼い妹がいる。

そして、自分の運命の定まる日が近づいて来た。自分は刑場へ引き出される様な予感がしてならなかった。

でも最後まで、周旋屋の言葉を信じていた。

「たまに宿《とま》る客もある。そんな客はときとすると、何かしようとする、そのとき、甘くきり抜けるのが花魁の手なのだ」

とうとう刑場に連れ出され、そして自分の運命をたち切ろうとした男。その獣のような男にさえ、自分は周旋屋の言葉を通して、よい人だと思っていた。その獣は自分が泣きくずれて、台上にのぼらないのを見て言った。

「僕は決して悪い事はしないよ、只そこを通ったら、初見世で今晩が初めてだから遊んで行けと番頭が止めるから、気の毒な人もあるものだ、一寸上って慰めようとして来たのだ。決して悪い事はしないから安心しなさい。だが、そう泣いてばかりいたって仕方がないじゃないか、もう金は借りているし、帰れはしない。帰れば警察へ訴えられて、監獄へ入れられるし、死ねば、その金はまたお母さんの方へかかって、もっと酷《ひど》い目に会うから、早まった事は出来ませんよ、けれど僕は今言ったように決して何もしないから、安心して一度でも床に入ったらどう？　おばさんに叱られたらどうするの、こんな所はひどい目に逢うからね、悪いことはしないから」

自分はその男を親切だと思った。この不安におののいている自分に対して何と云う優しい言葉をかけて下さるだろうと思った。そしてまたこんな人にさからって、我を通したなら、却って悪くならないかしら、そしてこんなに云うのだから決して悪い事はしないだろうと安心してしまった。もしたとえあったとしても、甘く切り抜けようと思った。

それが自分の誤りだった。けれど、けれど自分の誤りだと云い切れない。その他に道がなかったと云い切れる。妾《わたし》は妾の貧しい智慧をしぼり切った。けれど、そうなるのも、自分の馬鹿からであろう。

しかし、馬鹿は自分ばかりではないだろう。自分位の年のもの、世を知らないものは大底《たいてい》馬鹿であろう。こうした無智のものを陥《おとしい》れて自己の腹を肥やす周旋屋こそは、呪っても、呪ってもなおあきたらない。

それに、あの男！　人が生死の際にさまよって、苦るしんでいるものを甘言を以て欺《だま》し、処女の純潔を、鼻紙でも踏みにじる様にして、自己の獣慾を充たしたその男！　それ等のものは、あわれむべきものの生血をすって、お金を儲けようとする楼主と同様に、極悪非道の人間共でなくて何であろう。

自分はこの一週間、苦るしみ通しだった。考えるに疲れては、卒倒しそうになった事がいく度か。死のう、死のうと決心しては、遺書をどれほど書いた事か。

しかし、死んでどうするか、只新聞の三面を汚《けが》す事と、あの楼主とか婆とかの鬼共に自分のむくろを惨々に虐げられる事と、母や妹に心配かける事とが残るのみではないか。

もっと情ない事には、周旋屋、楼主、その男や、自分をこうしたドン底につき落した、世の人々に虐げられたまま、何の復讐もなし得ず、悔と、恨の心にさいなまれつつ逝く、その死後の自分を見る事である。

死ぬものか！　どうしてこのまま死なれよう。

幾年かかってもよい、出られるときが来たなら、自分のなすべき事をしよう。

もう泣くまい。悲しむまい。

自分の仕事をなし得るのは自分を殺す所より生れる。妾は再生した。

花魁春駒として、楼主と、婆と、男に接しよう。

幾年後に於て、春駒が、どんな形によってそれ等の人に復讐を企てるか。

復讐の第一歩として、人知れず日記を書こう。

それは今の慰めの唯一であると共に、また彼等への復讐の宣言である。

妾の友の、師の、神の、日記よ！

妾はあなたと清く高く生きよう！

×月×日

月曜日。今日は始めての検査、おばさんに、指図されたまま朝湯に入った。誰も心配しないものはない。自分は前に一寸病院の模様を聞いて居たが、どうして皆はあんなに入院する事を嫌《い》やがっているだろうと思う。皆と一緒に化粧し初めたものの、まだ髪も満足にかき上げられない。そばに見ていた紫君《しくん》さんがすっかりなで上げて下さった。

「一週間にもなるのにまだ髪一つかき上げられない。そんな事でどうする」おばさんのこわい顔が瞳をうった。

八円の検査着に着替え、二三の花魁と一緒に出かけようとすると、床番が後から、

「春駒さん、一寸お待ちなさい。後向になって」という。そして後から、きりいい火を打った。ここは何をするにも縁起をつけるのだが、何の為かしらと思って、聞いて見ると、「検査にのがれる様に打つの」と教えられた。

それから、病院以外の町の医者の所へ行って見て貰ってから、検査場へ行った。検査場にはもう方々の花魁達が沢山来ている。後からすぐおばさんが、検査紙を渡した。自分の方は三十番であったので、時間迄には一寸間があった。するとおばさんが、

「春駒さん、あなたは初めての検査なんですから、取られたら大変だから、たいいしゃく様のごふうを飲みなさい」といって出したので、ばかばかしかったが、おばさんがせかすので、呑み込んだ。それから妾《わたし》の髪から櫛を取った。どうするかと思っていると、おばさんは自分のひざの下に入れた。これも検査にのがれるおまじないだそうだ。向うにも、こっちにも色々なおまじないをしている。

どうして、他の人達はそんなに入院するのをこわがっているだろう。自分にはどうしても解せない。

あんな恐ろしい、人にもあるまじき事をされていながら、たといそれが、入

院していれば客がなくなるとはいうものの、どうしてあんなに自分の境遇に従って行かれるのかしら。誰もかも、何の考えもなく、鬼のおばさんに引き連れられて、地獄よりも酷《ひど》い所に行く。

そんな考で大勢の花魁を見まわしていた自分は、自分一人だけが外国人であるかのように妙にそぐわぬ気持がした。そして、今更かえり見た時に、ああ矢張《やは》り妾も花魁春駒であった……と気付いて尚一層淋しかった。

妾は情なくなって来た。

今日の検査には取られなかった。

残念の思《おもい》を抱いて帰って来た自分を知るものは一人もない。帰って来てから、検査帳を見た。まだ、一つしか印が捺《お》してない。これから一年半も経なければ、この検査帳は皆印が捺されないのだと思うと心細くなって来た。

妾は六年の契約だった。けれどこの一年間の検査帳に全部印がうずまるまで、いられるかしら、妾にはむずかしい。一ヶ月でも……。

ああ、自分は初めての検査日なのに、今から、こんな事を考えてどうするのだろう。後六年もあるのに……。

年末のせいか、さしも狂しげに賑かな廓の夜も、どこでもひっそりしている。只日和《ひより》下駄の音のみが、何んとなくせわしさを感じさせるのみだ。

ああ、今年からお正月は、ここで迎えなければならない。去年は暖い親のそばで、どんなに今頃は、お正月が待ち遠しかったか。

それに……こんな所で……。少しの楽しみもない。楽しみ所ではない、何んという悲しい事だろう。再び元のなんにも知らない子供に帰りたいような気がして切なくなる。それに一つでも年を取るからお正月が面白くなくなるのだろう、そのせいかしらと強いて諦める。今頃は田舎の妹もどんなに自分の帰りを待っているだろう。

「お正月にはきっと帰ってね」

そうした妹の事を考えるとまた新しい悲しさが胸に込み上げて来る。

張店《はりみせ》では大勢の花魁が、暇にまかせて、色々面白そうに話をしている。どうして自分には、皆のように、ああ快活になれないのかしら。誰一人自分のように、考えてばかりいるものはない。考えまいと思えば思う程、なお苦しみがこじり付いて来る。自分は余りの苦しさに神に、

「この苦しみを忘れさせて下さい」と願いたい位である。けれど、神は、

「もっと、苦しまなければ」と教えるような気がしてならない。

大勢の花魁達は後四五日に迫ったお正月の心配をしている。

お正月には、三ヶ日、七草、十五、十六日は、しまい日と云って馴染客を呼

んで、玉抜き《ぎょくぬ》、或はしまい玉《ぎょく》と云って、客に全夜の玉（十二円）を二本（二十四円）を付けさせ、その上、遣手《やりて》婆さんに、普通よりも多く御祝儀を出させるのだとの事。そしてそのときは、芸者を上げさせるのだそうだ。その玉ぬきが出来ない花魁は一日に対して二円ずつの罰金を取られるのだと。そんな話で騒いでいる。一人の花魁は、

「そうすると、しまい日に玉ぬきしてくれる客が、誰も来ないと、十二円罰金取られる訳だね。ほんとうに嫌になってしまうわ。妾なんか、方々に借金があるから、十二円取られちゃ苦しいわ。そんな的《あて》のある客なんかありゃしないし、どうしようかしら。ほんとうに、あの親爺の奴、どうして、こんなことにして置くんだろう。いつもあれ程儲けて花魁達を苦しめて置いて、お正月位にゃ、チットは楽させたって罰もあたるまいに……」

「それもいいけれど、また三月三日のお節句にさ、五月五日に、まごまごしている内に、六月の移り替が来る。また十月の移り替。その度毎に、罰金、罰金だから、やり切れないね」

「一年の内、罰金ばかりでも容易でありゃしない。考えるとどうしてよいか分らなくなってしまうよ。そうでなくても借金で追われているんだもの」

とさも困ったらしい顔をしている。誰も彼もしまい日を苦にしている。

自分をよく面倒見て下さっている小紫さんも膝を乗り出して、

「だけど妾のようにもう三年余りにもなるけれど、しまい日にはいつも誰も来た人なんかありゃしないわ、ほんとに間が悪いわ、それはそうと、妾はね、この家へ来てから十月の移り替だと云う四五日前に初見世に出たのよ、そしたら内の親爺は店に出たばかりで、そんな馴染なんかありもしない、また、来もしないのを知っていながら、それでも二円罰金取ったからね、その時随分だと思ったね、それだもの今度の新規さんは随分可哀そうだわ、二円や三円ならいいけれどね、無理だと思うよ、こんな時ぶつかったのが運が悪いんだから仕方がないけれど……」

と妾の方へ一寸むいて云った。

ほんとに出てから間がないのに、そんなに罰金なぞ取ってはひどいと思った。けれど妾は小遣《こづかい》を持っているから、余り苦しいとは思わない、ここはこう云う所だから仕方がないとあきらめた。

中々お客が上りそうもない。妾は何よりうれしかった。静かな暮の夜は番頭の声さえも元気がない。時々忘れた時分に、どこからか「お客様！」と云う声が聞えて来る。

×月×日

席順、席順というから何の事かと清川さんに聞いた。娼妓の稼高《かせぎだか》できめるのだと云った。そしてお職《しょく》花魁とは一番上席の人を云うのだと聞いた。お職は毎月《まいげつ》大てい六百円位働くそうである。

清川さんの云うには、他のある楼《みせ》では何でも席順でするのだとの事。客に出るにも、風呂に入るのにも、御飯をたべるのにも。

しかし、ここではそれ程でもないが、客に出る時は、席順だから上席の人は下の人よりは多く初会客《しょかいきゃく》が取れるので、稼高が多いと云う。一度席が下ると仲々上れない。だから借金は中々へらない。下の人は客が取れないばかりではなく、随分いやな事があると云う。朋輩からは馬鹿にされるし、主人やおばさんからは上席の人には大目に見ている事でも、どしどし叱られるし、それはそれは辛い、だから、たとえ嫌《い》やでも辛くても、お客を大事にして取らなければうそだと教えられた。

×月×日

夜、玉割《ぎょくわり》を貰いにいらっしゃいとおばさんが云う。

玉割とは何の事かしらと思って、帳場へ行ったら十一円くれた。何のお金か聞いて見た。

客の遊び金を玉と云うのだと云う。その玉の分前の事を玉割と云うのだと聞いた。

その勘定は、十円客よりの収入があれば、七割五分が楼主の収入になり、あとの二割五分が娼妓のものとなるとの事。その二割五分の内、一割五分が借金の方へ入り、後の一割が娼妓の日常の暮し金になるそうである。

そうすると、客よりの収入十円の内、娼妓の収入になるものは二円五十銭しかない。

自分は証文を楼主に出したのを見たが、只娼妓して返済するのだと云う事のみ書いてあって、どう計算するかは書いてなかったが、今初めて、勘定の事を知った。

×月×日

大晦日。年賀状を四五枚書く、いよいよ明日は元日だと云うので、珍らしく主人は朝早くから起きて、お飾りの指図をして居る。

花魁の部屋にも世間並のお飾りが付けられ、床の間の花瓶には松竹梅が生けられた。

お煮〆《にしめ》、豆、数の子などの入った四重が淋しい茶簞笥《ちゃだんす》におかれる。こうした部屋を見まわすと、もうすでに、お正月がこの光子の身辺にも音づれて来た事が泌々《しみじみ》と感ぜられた。

「春駒さん、春駒さん、出来て来てよ」

清川さんの声が下の方で聞えたので馳け付けたら、

「春駒さんよく出来たでしょう、ほうら」

おばさんは八たんのあわせを妾《わたし》の前にひろげた。他の朋輩達もめいめい美しい着物を見せ合って、柄や仕立の事などでおしゃべりして居る。いくら位する物かと、妾は誰かに聞いて見ようかしらと思ったが、誰もその事は口にしない。柄だって妾には余り好きになれない。誰が見立てくれたのかしら、なぞと妾は部屋にもどりながら考えて居た。それから花魁達は部屋の大掃除を始めた。そこへおばさんが来て、妾に一寸話があると云って火鉢の前に座った。

「春駒さん、このお正月は一生懸命働いてくれなければ困りますよ。誰にも負けないように、それにお前さんは運がいいんだよ、お正月一杯初見世でさ、うんと働けらあね、また初見世の時に働いておかなければばうそだからね、こういう時だね、客を取り止めるのは……じゃ、せい出して働いて下さいね。お掃除がすんだら早く休みなさいよ」と云って出て行った。

夜、七時半若い洋服さんが上った。四時間五円の遊び、十二時頃小染さんのお連れに出た。

もう明日はお正月だと云うのに少しもそんな気持はしない。今年からはここでどうしても新年だけはむかえなければならない。ほんとうに悲しくなって来る。家に居た時の暮からお正月への憶出《おもいで》が廻り灯籠のように展廻する。「旦那のきらいの大晦日、子供のよろこぶお正月」なぞと歌うような時は再び味わう事は出来ない。考えると子供時代が恋しくなって来る。

ひけ過ぎに、紫君《しくん》さんが明朝かける上襟を作ってくれた。

×月×日

今日は元日の朝、お客を帰すとすぐ花魁達はお風呂に入った。家中揃って御祝いするので、主人はもう一番先にお風呂へ入って待っている。お勝手ではお料理の持はこびで忙がしい様子、やがて花魁達はお風呂から出てすっかりお化粧すませて、皆お揃いの小浜の長襦袢に着替え、しかけを着け、皆仕度がととのった。仕度がすんだので二階の遣手《やりて》部屋の前で主人が来るのを待っている。

引付《ひきつ》け二間には大勢のお膳がならんでいる、皆席順に花魁の名前が書いてある。

主人が座る床の間の前には御屠蘇《おとそ》の道具がそろっている。花魁達は口々に、「元日の朝になると、何となくお正月らしい気持がするわね」と云ってさも嬉しそうに話し合っている。それに引かえて妾《わたし》はどうしてもお正月らしい気分にはなれない。何故か淋しさに捉えられるような気がしてならない。沢山お膳のならんでいるのを見ると、御祝儀でもあるらしい感じはしたが、お目出度いなぞと思いもよらない。そのうち主人が紋付の羽織袴で上って来た。主人は限りない嬉しそうな顔をして、

「どうも皆さん御待どう様、さあ座って下さい」と云ってニコニコ笑っている。

お膳の前には、花魁一同、家中の雇人全部座った。主人は相変らず笑いながら床の間の前にかまえている。お膳の上には、鯛の塩焼、きんぴら、数の子、ごまめ、しみどうふの煮たのなぞがならべてある。

主人始め一同は、

「お目出度うございます」と挨拶がかわされた。遣手婆さんは皆の真中に出てお酌をする。順々にさかずきがまわって来る。花魁達の間にもさかずきをやったり取ったりしてかわされた。そうして御祝はすんだ。他の花魁達は、

「皆んな、着物を着替えて外で羽子《はね》をつこうじゃないの」と云って主人の娘な

どどつき始めた。妾は店先で皆の羽子つきを見ていた。あちらの楼《うち》でも、こちらの楼でも外で羽子をついている。一寸隣の品川楼を見ると、花魁が羽子板を持って出て来た。着物を見ると、胴の方と、裾の方の異ったきれいな着物を着ている。胴の方は緋の綸子で、裾の方は友仙の縮緬らしい。どうして上と下と継ぎ合せのある着物を着ているのだろうと思ってそばにいる朋輩に聞いた。「あれはね、胴ぬきと云って、わざとああいうふうにこしらえるのよ」と教えてくれた。妾はここへ来てから、その言葉を始めて聞いた、また始めて見もした。それに皆着物の襟は黒朱子《くろしゅす》だった。その派手な模様などが花魁達によく似合っている。ほんとうに花魁然として見える。

他の楼《みせ》では朝から太鼓の音がしている所も二三軒ある。

妾は部屋に一人引かえした。茶湯台《ちゃぶだい》の上には昨夜買ったお煮〆《にしめ》が、四重の中に入ってのっている。松飾りや、床の間の松竹梅なぞを見ると、何んとなく春らしい気もする。それに妾一人だけはいつも淋しい落付かないような気持でいる。思わず姿見の前へ行って自分の姿をつくづく見た。

丁度三十日前の自分はこんな姿はしていなかったっけ、こんな髪も知らなかった。こんな事を田舎にいる学校友達が聞いたらどんなに驚くだろう。それにしても今頃は皆きれいな晴着を着て羽子をついて遊んでいるだろう。

そうしたお友達が何の苦もなく楽しそうに遊んでいる姿が思い出される。それだのに今この鏡にうつッている自分はこれからどんなに苦るしまなければならないんだろう。再び鏡を見たが、涙にさえぎられ自分の姿がはっきり見えない。思い様泣きたいような気がする。そうしたら何もかも忘れるだろう。するとお店の方で、

「お客様！」と声がした。ああどうしよう。またおばさんがむかえに来るだろう。髪をなで付け様と思ったがそのまま鏡の前で泣きくずれてしまった。こんなに早くからどうして上ったんだろう。まして元日だと云うのに……。

遣手部屋の方から、ぱたぱたとおばさんらしい足音がだんだん自分の方へ近づいて来る。案の定妾の部屋の前で足音がとまった。

「春駒さん、三人一緒ですよ、早くお仕度」

と云って行ってしまった。こんな時にどうしてお客なんか上ってくれたんだろう。本当にお客が恨めしくなって来る。仕方なく立上って長襦袢に着替えた。泣いたので眼ぶたが赤くなっている。何となくはれぼったい、皆に泣いたなぞと云われやしないかしら、そこで白粉《おしろい》で一寸なおして出て行った。

客は三人共商人らしい。

「そんな事をおっしゃらないで、お正月ですもの、もう少し奮発して下さいな。

それに今日は元日で口あけですから、花魁が可哀そうですから、もう少しいかがでしょうか」なぞとおばさんは一生懸命云っている。他の花魁二人も、「そうして頂戴よ、ね、いいでしょう、おばさんだってあんなにお願いするのですもの」と云っている。お客は、「またこの次にゆっくり来ますよ、今日は御年始に一寸そこまで来たのですから、早く帰らないと、……また出なおして来ますよ」と云った。

妾は早く帰ってくれればいいと思っていたので、ああ、少しは助かると思ってほっとした。妾が遣手部屋へ羽織をぬぎに行くと、「春駒さん、あなたの人にもう少し御祝儀を貰えたら、もらって下さいよ、上手に云ってね『もう少しおばさんに御祝儀を上げて下さいな』とやさしく云ってね」とおばさんに聞かされた。けれどどうしても妾には云えそうもないので黙って帰してしまった。

お正月だと云うので、夕方いつもより早く仕度をして張店《はりみせ》に座らせられた。お職《しょく》さんの部屋ではもうお馴染さんが来たらしい。張店では皆お馴染を待っているらしい風情。

「中将さんはいいわね、いつも来るあの呉服屋の若旦那よ、今来ているのは……また三日も四日もいつづけよ、しまい玉《ぎょく》は皆あの人一人で付けてくれるんだものね、羨ましいわね、流石はお職だわね」

「ほんとにね、妾あの人が来てくれると云ったけれど、あてにならないわ」と云っている。

「お客様！」と店で声がかかる。花魁達は、

「誰の人？」と云いながら障子の方へ覗きに行く。すると花魁の一人が、

「若緑さんの人よ」と云った、間もなく三番をはっている若緑さんは上って行った。

方々から騒がしい程三味線の音《ね》が聞える。唄う声、客の騒ぐ声、半玉らしいキャッキャッと云う声、まるでひっくりかえるような騒ぎ。

中将さんと、若緑さんの部屋へも芸者が上った。廓中の楼《みせ》が皆競争しているかのように、ひきつ、唄いつ。

素見客《ひやかし》の友呼ぶ声なぞ、そのさんざめきはいつ止むとも知れず。

「よその楼は景気がいいね」と云っている花魁もいる。暮の静けさに引かえて何てやかましいんだろう。

二階では、おばさんや、下新《したしん》が忙しそうに、おあつらいを持はこびしたり、お酒の瓶をささげて、あっちへ行ったり、こっちへ行ったりしている。

花魁の中、三四人は部屋へいっている者もあるが、皆玉ぬきは出来ないらし

い。妾は、玉ぬきをしてくれるようなお客なんか来なくもいい、二円の罰金くらい取られてもいい、只、このままこうしていたい。

張店には、三四人しか花魁がいなくなった。帳場では主人が、玉帳を調べながら番頭にぐずぐず云っている。

「正月だと云うのに、こんな事じゃ仕様がない、もう少し上げてくれなければ困る」と云ってしきりに怒っている。

初会二人共四時間の客を帰してしまった。もう一時近い。前の角海老では、まだ盛んにひけや、唄えやの大騒ぎをしている。他の楼では前よりも静かになった。間もなく二度目のお客が上った。名前も知らない、何でもどこかの会社へつとめているらしい。部屋へ入ったが玉ぬきはしない。全夜の玉一本だけだった。妾が遣手部屋へ羽織を着かえに行くと、

「何とかうまく云ってなおして貰いなさいよ、もう遅いから、芸者は上げなくとも、玉だけもう一本付けて貰えば、今日は玉ぬきが出来るんだもの、それにあんたなんか若いから、いくらでも上手にすれば出さない事はありませんよ、それにね、初会の客でも何でも引付へ入ったら、客の着物と、自分の着物がくっつく位にそばへ座らなければいけませんよ、感じのもんだからね、あなたのように、そう色けも何にもなくっちゃ困りますね、それでおばさんが、客に

色々云ってたら、そばであなたが、なるたけ傍へ寄って一緒にお願いしなければ……客なんてものは、甘いもんだから、相手が上手に云えば、いくらでも出すんですからね、他の花魁のする事なす事を、よく見ていてね、じゃあ甘《うま》く頼んでなおして貰いなさい」と云って聞かせた。

妾は泣きたくなって来た。でも客にそんな事を云う気になれない。そのまま過してしまった。もう二時一寸過ぎ、どこからも三味の音は聞えなくなった。只、新内流しの音のみ、さえ渡る。間もなくおばさんが二円取りに来た。

遣手部屋には、やっぱり罰金二円取られた花魁が、六七人淋しそうな顔をしている。

×月　×日

隣の中将さんの部屋では昨日からのお客がいつづけしていて、朝から芸者が上っている。

妾《わたし》が一人でお茶をのんでいる所へ朋輩達が二三人入って来た。

「お隣は馬鹿に景気がいいのね、朝から……」

なぞと云って羨ましそうな顔をしている。余りお隣が賑やかなので、此方《こっち》の話声もよくわからない。

「あたしも、いいお客が二三人ほしいな、常になんか来てくれなくもいいから、こんな時来てくれるお客がほしいわ、皆そう思わない」と花里さんが云うと、「ええ、思わない事はないけれど、あたし、そんなお客はいらないわ」と千竜さんが急にとんきょうな声を出して云ったかと思うと、「一寸、癪《しゃく》に触るから、中将さんのお客に面当《つらあて》を云ってやろうじゃないの、黙っていらっしゃいよ」と云った。

妾は、お客が来ないものだから皆、羨ましくて、やきもちやいていると思ったが黙っていた。その内隣では三味の音はやんだ。そばにいた花里さんが、「およしなさいよ。悪いから」と云ってもかまわず、「あたしはね、二日も三日もいつづけするようなそんな甘いお客は大嫌いよ。男なんて馬鹿なもんじゃないの。女にいいような事を云われてるのも知らないでさ、帰ってから馬鹿だ、××××と頭ごなしに云われてさ、あたし考えると面白くてしようがないわ」とさも隣へ聞えよがしに大きな声で云った。

こんな稼業していて、よくそんな事を云われたものだと感心した。自分の云いたい事を云ってくれたようにも感じた。然《しか》し意味は違うけれど。

今夜初会の客五人、十八円。

今日も玉ぬきが出来ないからと、罰金二円納めた。××さん、××さん、×

×さん、それから他に五六人ばかり皆、罰金取られた。

×月×日

今夜も罰金二円取られた。お金がなくて紫君《しくん》さんに立替えて頂いた。おばさんは、妾《わたし》がお客から御祝儀を貰わないせいか変な顔をしている。どんな顔されても仕方がない。そんな事はどうしても客に云えないんだもの。夜紫君さんに云われた。

「もう少し稼業と云うものに身を入れてごらん、何でもお客の気をそらさないように、少しでも多くお金を出させるようにすれば、だんだん自分の身も軽くなるし、皆からも可愛がられるからね、それから、御祝儀を上手に云って貰って上げなければ」と云う。その話しっぷりから考えると、紫君さんは、おばさんから頼まれたらしい。そう云われて見れば、……いつも、妾を妹のようにめんどうを見てくれる紫君さんにはすまないと思うけれど、妾には何と云われても……どうしてよいかわからない。妾は部屋で泣いてしまった。こんなに苦しい思《おもい》をしたり、云われたりするなら、死んだ方が余っ程いい、こんな事を母が聞いたら何んと思うだろう。どんなに嘆くかしら。一寸いやな事があってもすぐ母や妹の事が浮んで来る。

母や妹のそばへ帰りたくも、お金を借りているから帰る事は出来ない。母や妹が毎日自分の事を心配していてくれると思うと、間違った心も起せなくなる。そうかと云って、自分を心から慰めてくれるものもいない。いたとしても、世間並の慰めの言葉をかけてくれる位のもの。何故か、自分と一緒に泣いてくれる人が一人もいない。そうした人が一人でもいたらどんなに、どんなに力強い事だろう。妾がこんなに泣いているのに誰一人知ってくれる人はいない、只あの星だけ。

ああ、またお客の所へ行かなければならない。泣きながら鏡の前に座った。

×月×日

七草なので、朝小豆のお粥をいただいた。

「今日も玉ぬきだったわね、嫌《い》やになってしまうわ」

部屋掃除をしながら羽衣さんは弥生さんに話しかける。

「妾《わたし》も、つくづく嫌やになってしまったわ、今夜で、もう八円罰金を取られるんでしょう。玉割《ぎょくわり》の度になお苦るしまなければならないわ、皆んなおばさんに借りるんでしょう。実際苦るしくて困ったわ、一度でも待ってくれやしないしさ、内ばっかりよ、こんなに罰金を取るのは……ほんとにひどいと思うわ、この前聞いたけれど、よそでは罰金なんぞ取らない楼《うち》が多いって、また取っても三ヶ日だけで後はそんなに取るうちはないわ、まあ三ヶ日は仕方がないとして」と云ってこぼしている。

夜の十時頃、紫君《しくん》さんの御馴染が三人、お連れを連れて来た。連れ初会に妾と、中将さんと、小紫さんが出た。皆年配の人達で、日本橋の株屋さんとか聞いた。中でも妾のお客が一番年を取っているように見える。引付《ひきつけ》で皆と一緒にお酒を呑んでいると、妾の客は年がいもない、妾にいやにからまったりする。そうしては、

「早く俺を部屋へ連れて行かなければ、承知しないぞ」と、傍にいる人達に聞えないように云う。もう口も碌《ろく》に聞けないようになっているのにも拘わらず、部屋へ連れて行こうとする。仕方なしにおばさんに云うと、

「じゃ早く連れて行って寝かせなさい」と云う。嫌々部屋へ案内した。妾は前に上った初会の客が二人いて、そこへも行かなければならないので、

「一寸用がありますから、お休みになっていて下さい。それに大変酔っていらっしゃるから」と云ったが、聞かないで無理に手を引ぱって離さない。何と云っても聞かないでひどい事をする。何て恐ろしい人だろうと思うと妾は泣きたくなって来た。こんな所の女だと思って馬鹿にしていると思ったら、悔しくな

った。逃げようと思っても逃げる事は出来ない。紫君さんに云って他の人を出してもらおうと思ったが、常によくしてくれる紫君さんのお連れさんなので云う事が出来ない。

客は前よりもひどい事をする。まるで、強姦同様の事をして得意がっている。いくら泣いて、もがいても離そうともしない。廊下を通る人に云いたいが、他の事とは異って云うことが出来ない。そうした獣同様な人に妾は一時間以上も苦るしめられた。妾は泣きながら遣手部屋《やりて》へ行っておばさんに云った。が、おばさんにも冷たい言葉をあびせられた。

「そんな事位我慢出来なくてどうします、それが花魁のつとめじゃありませんか。いちいちそんな位の事で泣いていては稼業なんか出来やしませんよ、これからどんなでそんな客が付かないとも限らない。その時になったらどうします、その度に嫌だから何と云っていられますか」

妾はおばさんが少しでも、やさしい言葉をかけてくれるだろうと思って訴えたのに、かえって……何と云う冷たい言葉だろう。立つ瀬がなくなってしまった。妾は泣いても泣ききれなかった。誰にも解らないように便所の中でいつまでも泣いていた。

こんな客に出してくれた紫君さんさえ恨めしくなる。どうして妾はこう皆に苦るしめられるのだろう。人を何だと思っているのだろう。どんなに叱られてももうあの獣の様な人の所へは行くまい。妾は獣に苦るしめられるのならば獣だとしてどんなにも諦めを付けよう。なまじ人間にそんな行為をされたかと思うとどんなに恨んでもたりない。そうしてまた自分の不幸を嘆き初めた。

他のお客の所へ行っても、悔しくて忘れられない。考えると、どの客も憎らしくなって来る。客の云う事さえ少しも耳に入らない。どのお客も怒って帰って行った。

紫君さんのお連れさんはお酒をのんで帰ってしまった。後の人達は酔っているので、玉をなおして宿《とま》って行くと云っていた。が、妾はこんなに人を苦るしめる客なんか一寸見ても身の毛がよだつ様な思いなので、無理に起して帰してしまった。

こんな事が、一銭でも多く取らせようとするおばさんの耳に入ったら、どんなにひどい目に逢うだろう。またどんなに怖い事を云われたり、あの恐ろしい眼でにらめられるだろうと想像した。

妾はいつまでも、いつまでも部屋で考えていた。世の中に生きているのが嫌やになった。

日本の地をはなれて、どこか遠い他国へ行って苦るしみを忘れたい様な心持がする。こんな時は親も何にもない、ほんとうの孤独だったらばと思う。

×月×日

今日は初検査に行った。お正月だけにいつもより、他の楼《みせ》の花魁達の派手な姿が目立って見えた。検査場へ入ると、花魁達は、どこそこの花魁の着物はどうだとか、いいとか悪いとか云って、皆着物や恰好《かっこう》の批評をしている。方々の花魁達もお互に、着物や髪のかたちなぞを批評し合っている様子が見える。

今日も皆無事に帰って来た。

×月×日

十五日なので商人が多い。夕立さんと、小紫さんだけしか玉ぬきが出来なかった。後は皆罰金取られた。罰金だけでも妾《わたし》きりでもう十円おさめた。随分永くこんな所にいる人でさえ一人も玉ぬきの出来ない人が沢山あるんだもの、妾なんかあたり前だと思う。

「いくら初見世でも、一人位玉ぬきが出来そうなものだ、もういく日になるんだ」と主人が怒っているとおばさんが云っていた。おばさんは主人に云われると、妾にあたる。

今夜弥生さんにお連《つれ》を貰った。萩原とか云う呉服屋だと聞いたっけ、妾はこの人に泣かれて困った。この人はこんな事を妾に話した。

この人は去年除隊したばかりだった。入営する前に、恋人があって、それは何でも江戸町の花魁だった。その花魁が入営する前は随分親切にしてくれたので、或る時、自分の心を花魁に打あけたのだった。すると花魁は心よく聞いてくれた。

「除隊になったらすぐ一緒になろう。必ず心が変らないように」と、二人は固く固く約束をして別れた。

間もなく男は宇都宮へ入営した。そうして男はそれからは日曜になってもお酒ものまず遊びにも行かず、二年間、辛抱して帰って来た。が、その時の女はもう元のやさしい女ではなかった。それから男は失望したあげく、また元通の放蕩男になってしまった。その女の顔に妾がそっくりなので、どうしたらいいだろうと女々《めめ》しく泣くのだった。

妾は困ってしまった。どうにして慰めてよいかわからない。しかし、廓の女の信じられない事を話した。その人は始めて分ったように、

「実際女心と秋の空とはよく云ったものだなあ」といく度もくり返していた。

遣手《やりて》部屋ではおばさん同志で、

「今夜は十五日だって云うのに、客種がこまかいので困ってしまうね。人数ばかり上ったって、金高はいくらも上りゃしない」と云って、玉帳《ぎょくちょう》を見ている。御祝儀が少ないせいか御機嫌が悪い。

客八人、三円一人、二円二人、五円二人、六円一人、十円二人。

×月×日

今日は少しも休まれない。朝から客が上ったので、休むと間もなく起しに来た。一度に初会二人、また後から、

「春駒さん、お名ざしよ」とおばさんが云って来た。その客は部屋へ入った。おばさんは鉄瓶にお湯を持って来ると色々話を始めた。

「昼間から景気がいいようですね、正月だから、忙がしいでしょう」と客は云った。おばさんはそれに合わせて玉ぬきの話を始めた。そのうち何と云うかと思うと、

「この人はまだ初見世に出て間がないんですから、ほんとうに初《うぶ》ですよ、何にも知らない人ですからね、初見世のうちが一番いいもんですよ、如何《いかが》でしょう、玉ぬきが出来なくて可哀そうですからもう少し奮発して下さらないでしょうか」おばさんは、妾《わたし》の方へ向ては、客に御願いしろと云わんばかりに目で知ら

せている。妾も仕方なく、

「そうして下さいませんか」と冷や冷やしながらやっと云った。おばさんはなおも、もう少しそばへ行ってと云うような顔をしていちいち指図をする。

「そうして、お宿《とま》りになって入らっしたら如何ですか、お正月ですもの、御ゆっくりなすって」と云ったが、客は、

「いや、今日は初めてだからこの次にゆっくり来る。宿っていられないんでね、僕もそんな訳なら用意して来るのだったが合悪《あいに》く持合せがないんでね」と云ったので、おばさんは仕方なしに出て行った。後でおばさんは、また、

「あんな時はね、おばさんよりも、お前さんが客に云う方がいいんですよ、客は持っていても無いなんて云うんですからね、それに先も云ったように、客の膝と自分の膝とくっ付けて座らなければいけませんよ」と云った。

今夜だけで、しまい日が終るので、花魁達は前よりも気を揉まない。皆、

「どうせ罰金取られるんだから、いつ取られるのも同じだわ、どうせ借金するんだもの」と云って諦めているらしい。花魁達は大ていおばさん、下新《したしん》、書記などに借りて払う。随分苦るしい思いをして、指輪や、着物を質に入れたりして払う花魁もいる。玉割《ぎょくわり》は小遣《こづかい》にもたりない上に、お正月だけで十二円罰金取られるのだから、着物を質に入れたりしなければならない。ほんとうに無理だ

と思う、そうした花魁達の苦情を見聞していると、本当に可哀そうでならない。自分は今余り小遣には困らないからいい様なもの、いまにきっと、自分もこの人達のように苦しまなければならないのだろう。

自分がもし主人であったならば、花魁達にこんな苦るしい思いをさせなくも、花魁の働いただけのお金は皆借金の方へ入れ、一日も早く身をかるくして上げるんだけれど……そうしたならば皆どんなに悦ぶだろう。妾はこんな事を考えたりなどした。けれど、人間である自分には、こんな稼業の主人には、到底なれそうもない。

今夜のお客は大ていお酒を呑んでいるものばかり、何とも云えない、嫌《い》やなくさい息をふきかけられるので、嘔吐を催しそう、本当に荒々しくて嫌になってしまう。断る訳には行かないし、皆して人をいい様にしている。おばさんに云っても、おばさん迄が苦るしめようとする。部屋の窓に腰をかけて色々考えていると、紫君《しくん》さんが入って来た。

「お前また、そんな所で考え込んでいるのかい。考えたって仕様がないじゃないの、いまに体が悪くなるよ。あたしはね、考えるとほんとうにお前が可哀そうで仕方がないよ、あたしはよくお前の心を知っているんだよ、お前が考えるのも決して無理とは思わない。けれどあたしはいつも思うね、あたしのように、こう云う場所を踏んで来たものでも随分いやな時があるもの、それに、始めて何にも知らないお前が皆と同じように追い廻されると思うとね」と紫君さんは袂で顔をかくしてしまった。妾はなお悲しくなって、泣き出してしまった。そうしては紫君さんは妾を慰めてくれた。やがて紫君さんはわざとらしく笑い乍《なが》ら、

「お前泣いているのかい。馬鹿だね、泣く事があるもんか、仕方がないよ。いまにきっといい事があるよ。さあまた、お客の所へ行かないといけないだろう。顔がまっ黒だよ、白粉《おしろい》付けなおしてね」と紫君さんは出て行った。

廊下では絶えずやかましい足音が聞える。お客の所へ行かないと、またおばさんがぐずぐず云うと思ったのでやっと鏡の前に座った。白粉を付けるそばから涙が頬につたわって来る。

皆のように、あんなに平気になって見たい。張店《はりみせ》をのぞいて見ると、一人の花魁もいない。店ではしきりに「お客様！」と声がかかる。

番頭が余りお客を上げるからなぞと考えると、番頭が恨めしくなった。

妾は泣きじゃっくりをしながら、部屋から出た。

×月×日

九時一寸前、初会の客が上った、学生らしい。大島の着物に同じ羽織を着て袴をはいた品のいい所を見ると、よい家の息子らしい。部屋へ入った、すると床が敷いてあるのでさっさと床をたたんで隅の方へ片付けてしまった。書記が人名を取りに来ると、こんな所へ来る人に似合わない固苦るしい事ばかり云っている。この人は妾《わたし》に、どんな原因でこんな廓へ這入ったの、なぞとまじめになって聞いた。

初めは、この人は変に偉そうな事ばかり云ってと思っていたが、静かな物の云いぶりや、真面目な態度から、品性のひくからぬ人だと云う事がわかった。色々花魁達の日常生活の事を聞いたりなどして、考えている様子。

「君、こんな所は苦るしいだろうね、実に可哀そうなものだね、それで君はいつここへ来たのですか」とどこ迄も丁寧に聞いた。妾は前におばさんから、「初見世のうちは、客が上ったら、どの客へもつい二三日前に店へ出たと云っておけばいい」と聞かされたが、妾には少しもそんな偽《うそ》は云われないので、

「去年の十二月です」と云った。

「じゃまだ間がないんですね。君僕はね、よけいな事を云う様だけれど、決して、こんな所にいてもひねくれてはいけませんよ、皆家の為なり兄弟の為なりでこんな所へ入ってしまったんですから仕方がありませんけれども、泥中の蓮

と云う事がありますからね、たとえこんな所にいようが、意志を鞏固《きょうこ》に持っていさえすれば、決して周囲の空気に染るなんて事はありません、……僕はどうしたのか、今夜は廓へ来ているような気持は少しもしないね、こんな事はないね」と考えている。

そうして、この人はクリスチャンだった。何でも農科大学に通っているそう。そして、キリストの話や、為になる話をしてくれた。妾も熱心にその人の話を聞いていた。こんな所へ来て、こんなに真面目に話をしてくれる人は珍しいと思った。そして帰る時に、十字架のついている指輪を出して、

「僕はキリストを信じているから、こんなものを造《こし》らえたんですけれど、別に僕が持っていても何にもなりませんから君に上げよう」

と云った。妾は、

「ですけれど、こんな汚《けが》らわしいところにいて持っていても、勿体ないですもの」

「そんな事はないですよ。僕は、こんなものを紀念だとか、かたみだとか云う意味で上げるんではありませんよ、君がこんな所にいても飽く迄も人間の尊さを忘れないように、いつまでも清い心でいて頂きたいためです」

妾は、そう云われたのでいただいた。

「僕はもう絶対にこの様な所へは来ません」とそう云ったのみで帰っていった。随分面白い人だ、けれど、客の中《うち》でもあんな人はないであろう。

後で紫君《しくん》さんや、朋輩達のいる所へ行って今の客の事を話した。皆、「そんな人から指輪なんかもらうと、一生付纏《つきまと》われるから」などと云って、威かされた。とにかく怖いような嬉しいような気がする。

×月×日

今日は、お婆さんに客を欺《だま》す法を、教えられた。妾《わたし》がいつもお客の云う通りになっているものだから……。

「春駒さん、あなたは、いつもお客の云うように、四時間でも一時間でも、ハイハイと云っていますが、そんな風じゃ、いつ迄たっても借金なんか減りやしませんよ。もうこうなったからは、あんた見たいに、鬱《ふさ》いでばかり居たって駄目ですよ。うんと働いて、他の花魁達見たいに、お客をうんと取って、一日も早く借金をなくして、自由の身体《からだ》になるようにしなくちゃあ、第一あなたがつまらないじゃないの。それに旦那（楼主のこと）も心配しているんですからね、妾も出来るだけ、親だと思って面倒見て上げますから、うんと働きなさいよ。

なんでもお客を欺すことを、考えなくちゃあ駄目ですよ。お客なんて云うものは、皆、甘いから、花魁が良く欺《うま》せば、大底《たいてい》は云う事を聞くものよ。本部屋へ入れる時なんか『あなた、こんな部屋よりか、本部屋の方が、どの位温くって、気分が良いか知れないわ、もう少しあると本部屋へ入れるのだから』とか『一晩でもあなたと夫婦気取りで居たいわ』などと、一生懸命客をせめなければ、駄目ですよ」

と云って、また熱心に語り出した。

「初めから花魁がお客に手紙を書くのは、花魁の恥よ。だけどね、手紙がお客から来たら是非返事を書いて、足繁く通わす様にしなくちゃあ駄目よ。このお客は遊び相《そう》だと思ったら、惚れたのはれたのと、うんと調子に乗せて、心から惚れている様に、そこを甘《うま》くあやつって行くのよ……」

お婆さんは、いつ迄もいつ迄も、自分の過去の経験を、熱心に話つづけていた。

妾には、到底そんな事は、出来そうに無い。

嘘言《うそごと》の云はねば来ぬと云ふ事の
今宵しみ／＼愁《さび》しくなれり。

×月×日

此楼《ここ》は客が上ると、出る花魁を決め、次には、遊興費を前金で取る事になっている。

遊興費は、時間遊びと、全夜遊びと異っていて、時間遊びは、一時間が二円、四時間の甲が六円、乙が五円である。全夜遊びは、宵の六時から朝の八時迄で、甲が十二円、乙が十円である。遊興税も一円に対して五銭取る、また朝から午後六時迄は全夜と同じ遊興費を取る。

遊興費によって、夜具もそれぞれ異《ちが》う。

全夜遊興の甲の夜具は絹布《けんぷ》で、羽二重、綾子、塩瀬、などの派手な友禅模様で、挑発的に作ってある。乙は、銘仙の敷蒲団に、緋の綾子の上着、四時間遊びの甲も全夜の乙の夜具を用い、乙は新銘仙、一時間は、木綿というようになっている。

そして、全夜の甲乙、四時間の甲は本部屋に入れ、あとは皆廻し部屋に入れる。但し本部屋は、花魁一人に付一つしかないから、本部屋がふさがっている時は、名代部屋に入れる。

どうしてここの女達は、あんなに、なんでも平気で口に出す事が出来るのだろう。男の事でも、普通聞かれない恥かしい事でも。
　今朝、花魁達が掃除前に、弥生さんの部屋へ集っての話を書き止めて置こう。

甲「あんた、昨夜、忙がしかった？」
乙「忙がしい所か、ゆうべは、癪《しゃく》にさわったわ、二人きりさ、でも宵の内に上ったお客はおとなしかったが、後の宿《とま》りの客がさ、あいつが余りしつこくてさ、妾《わたし》ゆうべは一晩中寝ないで、一人で部屋で遊んでいたのよ」
甲「そうだったの、じゃ、妾を呼びに来ればよかったのに、妾ゆうべは前に上った客が帰っちゃって、一人きりだったんだもの」
丙「××さん、ゆうべはお楽しみ！」
丁「冗談でしょう。どっちがお楽しみだか分りゃしない。自分こそ、妾にいい所を見せつけたくせに、ゆうべなんか、妾は好きな人なんか来やしないわ、妾のラブさんはあんなのではないのよ」
丙「いい所を見せ付けたって……チェッ、スウさんに申訳ないわ」
　商売の話と、男の話、それが、彼女等の重《おも》なものらしい。

花魁日記

×月×日

「初見世《はつみせ》春駒」の札が取れた。今日で丁度一ヶ月になるのだろうか？「初見世！」「初見世！」自分はその名の元に自分の一生を終ったのだ。思っただけで、ぞっとする。

「初見世！」自分は新らしい品物であった。花魁《おいらん》という品物の中に投《ほう》り込まれていた。自分の額の上には、「初見世」と書かれてあった。

おや、これは何だろうと思ったときには、すでに、自分は、来る男、来る男に、五円、十円の金、ときには二円、三円の金で、散々と踩み躙られてしまっていた。

こんな事が、この世にあろうか。ほんとうの事かしら、夢ではないか、と一生懸命考えた。が、まだはっきり分らない内にもう一ヶ月もたってしまった。

ああ、何にも思うまい。どう思ったって、考えたって、どうにもならない。

おばさんは、

「もう初見世の札が取れたのだから、今迄とちがって一生懸命になってくれなければ困りますよ。何んでも働く人に見ならって。昔はお職《しょく》さんとか馴染の多く来る花魁の部屋へ入って、その花魁と客がどんな話をするか、どんな風にしてお客を上手に取るかと云うのを見せて、習わせたものですよ。皆自分の為ですからね」と一生懸命教えている。
他の人達は、
「随分早いもんだわね。この間初見世に出たと思ったら、もう札が取れたのね。
初見世の札が取れるとせいせいするでしょう」と云った。
今迄は「新規さん」「新規さん」と言われて居たが、札が取れてからいやに
花魁呼ばりをされるのでぞっと厭《いや》な気がする。
このまま行ったら、今に自分はどうなるだろう。ふと左の手を見ると二三日
前にあの変な学生さんに貰った十字架の指輪が目に付いた。
「決してひねくれてはいけない」と彼の言葉を思い出す。
何んとなくこの指輪が自分を守ってくれるような気がする。やけになるまい。
自分はあの学生さんに感謝してもよい気になる。しかし、なぜこんな所に来
たんだろう。あんな事を言う人で、そして、こんな醜い所へ、自分は分らない。
何んだか下腹が痛んで仕方がない。おばさんに云って休みたいと思うけれど、
また先夜の様に、さんざん虐《いじ》め付けられるだろうから我慢しよう。けれど、せ
めてこんな時、冷たいながら自分の床に横たわる事が出来たら！　妾《わたし》は痛みと
悲しみに、思わず歯を喰いしばった。
明朝早く外来へ行って見て頂こう。

×月×日

今にも雪になりそうな朝だ。

下湯を使うのと、雑巾がけをするのとで、手に一ぱい皸《ひび》が切れて痛む。いくら暑くても夏の方が凌ぎよいのではないかと思われる。

これから先二月三月と、雪の降りつづく寒に入ったら……怖ろしくさえなる。女としての妾《わたし》の体は、こうして、日一日と取り返しのつかぬ不具な女になって行く……。

客を帰して、雑巾がけをすますと、かん部屋に飛び込んで、小染さんと背合せに寝る。寝ている間が一番幸福だ、極楽だ。

×月×日

自分の今の慰めの一つは、自分と同じ運命の人達の、今迄辿って来た道を聞く事である。聞いて、その人に同情し、またその人に憐まれると云う事は、今の自分にとって、唯一の慰めになるように思われる。同病相憐むといったのはほんとうのことだ。ここの人達は皆、後から来た自分を憐んでいてくれるような気がする。

花里さんは小さい時に両親に別れ、兄弟は奉公に出され、花里さんはお伯母《ば》さんに引取られた。そして少し大きくなった頃、そのお伯母さんに酌婦に売られ、そして娼妓になれる年頃になった時、ここへ売られたのだと云う。そしてそのお伯母さんとか云う人はなお飽きたらないで、花里さんの妹さんまでも売ろうとしているので、花里さんは自分で、ここへ連れて来て、雇人にさせて貰っている。

若緑さんは、よい兄さんを持っていたそうだが、何の拍子か、急に不身持《ふみもち》になり、姿を消してしまったので、仕方なしに身を売ったのだと云う。

羽衣さんの御父さんは大酒家の為め、借金につまり、羽衣さんを売ったのだそうだ。けれど今でもそのお父さんは、羽衣さんの所へ始終お酒代《さかて》をせびりに来るとか。花魁達も、鬼のような親だと云っている。

清川さんは小さい時に母親に死に別れ、父親の手に育っていたが、年頃になって異性を知り、カフェーに入って、その男に学資を貢いでいたが、それでも足りないで、遂にここへ身を投じたそうだ。けれど男は清川さんをここへ入るや否や、姿を見せなくなったとのこと。

×月×日

今日もまた、お客からお祝儀を貰わないってお婆さんに叱られた。

「春駒さん、あなただって子供じゃないんだから、色々考えてくれなくちゃあ困りますよ。お祝儀を貰って下さいよ、廓で働いている者は、それが収入で、それで食べているんだから、それに甘《うま》く言って、一銭でも多く貰うのが花魁の役なんだからね」

お婆さんは、敷島を吹かしながら、尚もつづける――。

「お祝儀が少ないと、皆ブツブツ云うのですよ。そして、こん度の花魁は下手だとか何んだとか蔭口聞くし、あなたの用もしてくれなくなるし、人にも悪口云うようになる……そうすると、誰の損でも無い、みんなあなたの損よ。悪い事は云わないから、少し考えてやって下さいよ。ほんとうに妾《わたし》はあなたの親だと思って、こう内明け話をするんですからね……」

親切ごかしに、妾を攻め立てる。

「全く、あんた見たいに、商売気のない人ってありゃあしないわ」と云って帰って行った。

この前も、度々聞かされたので、初めて、

「あの……御祝儀を頂きたいのですが……」と或る客に云ったら、

「高い遊興税を払って置いて、また祝儀まで取るのか。ひどい奴だ」

と、大変怒られた事がある。それから言った事が無いものだから……。

いつかしら、或る客が「こんな所に居る人達には気の毒だから、祝儀をこれだけ出す。その代り遊びは安く負けろ。どうせ玉代《ぎょくだい》は、大底《たいてい》楼主のものになるんだから、出したってつまらない」と云った事がある。

こんな人ばかりなら良いが……でもそうすると、御内所《ごないしょ》で叱られるだろう……多くは、一銭でも出さないで遊ぼうと云う人達ばかりだし……。

商売気！　商売気!!

妾はどうしても、そんな人間にならねばならないのかしら……身までなく、心までも……。

×月×日
外来へ行って先生に見ていただいた。

「冷えたので、スバコが起ったのだから、懐炉《かいろ》か何かで温めなさい」と云って粉薬を下すった。夜になっても中々痛みが止らない。でも我慢してお店に出た。

九時頃になってもまだ止みそうもない。思い切っておばさんに云った。

「あんた来たばかりだし、未だ初見世で、今うんと働かなくっちゃ困るんですから、少し位痛くも我慢しなさい」と云う。けれど、余り痛いので我慢しきれ

ず、

「御生ですから、どうか休ませて下さい。痛みが止まりさえすればすぐお店へ出ますから」と頼むと、

「じゃ仕方がない、お休みなさい」と渋々云って、やっと休ませてくれた。

体の悪い時位やさしく休ませてくれてもよさそうなもの、これからもっとひどい病気にかかったらどんなだろう。こんな時に家へ帰れたらどんなにいいだろう、と思うと、また何とも云えない悲しさが胸に込上げて来る。そこへ清川さんが入って来た。

「春駒さん如何《いかが》、少しはよくなって……」

と云ってくれた。

「有難とう。おかげ様で、少しはよくなりました」

清川さんは懸《かけ》蒲団のまわりを叩いて、

「一人で淋しいでしょう。どうしたの春駒さん、泣いているの、どうかしたの」

「いいえ、何でもないの、ただね、病気になってもすぐ休む事が出来ないと思ったら、情なくなってしまって……だからこんな所で病気になりたくないわね」

「そうよ、ほんとうにひどい目に合うわ、それで妾《わたし》なんか、なおこの頃、心臓が悪くなったのよ、少しお客を取るとすぐ息苦るしくなるんでしょう、動悸が激しくなると、二階へ上り下りするのにもようようなんですものね、やっぱり仲のお医者は駄目よ、大学病院へでも行って見ていただけばいいのですけれどもね、そんな事も出来ないし、妾もね、お店に出たてには随分無理したわ、それに始終でしょう。外来の先生にも、あなたのような病気はこんな商売はごく悪いなんて云われるんでしょう。休むと旦那はいい顔をしないしね、おばさんには叱られるでしょう。妾どのくらい我慢しているか知れないわ、その為にこの頃こんなに弱くなったのよ、妾なんか死んでも出られないわ、そして、病気になったって誰一人慰めてくれる人はないでしょう。皆現金なものよ、枕元を通ったって、知らん顔している人ばかりですものね。『お大事になさい』なんて云う人はほんの一人か二人きりですもの、妾、自分が体が悪かったり、苦るしい思いをしたでしょう。ですからどんなにか苦るしいでしょうと思って……」

「忙がしいのにすみませんのね、もうお店へ行かないと叱られるでしょう。ほんとうに妾嬉しく思いますわ」

清川さんは少しも枕元からはなれそうもなく、

「かまいませんのよ、妾今夜は二人でいつ迄もお話をしてたい様な気がしますわ、実はね妾、あなたが初めてここへ来た時から、自分と同じ位の人だと思ったせいか、何となく慕わしく思っていましたの、ほんとうにこれから姉妹《きょうだい》のように仲よくしましょうね、じゃ妾また来ますわ、用があったら何でも遠慮なく云って下さいね、ではお大事に」

そして、清川さんはさも息苦るしそうに出て行った。ほんとうに気の毒な人。妾もいまにあんなに体が悪くなったらどうしようかしら。そんなになっても家へ帰る事も出来ないと思うと泣くより他なかった。

またお腹が痛くなって来たようだ。

×月×日

今日は検査日、まだ気分がはっきりしない。朋輩達は仕度をしてしまうと、例の通り『神様の御札』をいただいて皆で騒いでいる。そうして入院するのを何より恐ろしがっている。

やがて大勢の花魁達と一緒に外来へ行った。先生に「今日はむずかしいな、入院すると思わなければならない」と云われた。それから吉原病院へ行った。おばさんは、

「まだ店へ出て間がないのに入院されては困る」と云ってまた妾《わたし》の櫛を取って膝の下に入れておまじないをしたが案の定入院する事になった。午後一時迄に入院しなければならないと云われたので誰よりも早く帰って来た。

「ほんとうに仕様がないね、よく掃除をしないで台に上ったんでしょう」とおばさんは云った。

後の朋輩達は皆無事だったので何よりよろこんでいる。妾は部屋へ行って入院する用意を初めた。紫君《しくん》さんが色々持って行く物を風呂敷に包んでくれた。

「商売に入りたては病気にかかりやすいから仕方がない、初めての入院だから何でもわからない事があったら同じ室《へや》の人にきいてしなさい。一生懸命なおして早く帰っていらっしゃい。それに病院へ行けば何にも食べられないから」と云って親子を取ってくれた。

朋輩達も、

「すぐ帰って来られるから大丈夫よ、何でも不自由のものがあったらすぐ手紙で知らせてね」なぞと親切に云ってくれた。

前にも朋輩達に病院の様子などを聞いていたので一寸淋しいような感じがする。けれども妾は入院する事は、嫌《い》やだとも、恐ろしいとも思わない。むしろ入院した方がどれ程いいか知れないと思う。あんな野獣のような男に毎夜苦るしめられるよりどれ程いいか知れない。そんな事を考えると、入院するのは妾にとって本当に楽園のように想像される。妾は悦こんで行く気になった。色々心配してくれたり、世話になったりする紫君さんにはすまないけれど……それにしても朋輩達はどうしてあんなに入院するのを嫌やがっているのだろう。妾は何よりお客を取らせられるのを嫌やがっているのに、それと反対に、お客の来なくなるのを何より嫌やがっている、不思議で仕方がない。男からあんなに苦るしめられていながら……他の朋輩達の心がわからない。

御飯が南京米であろうが、少しぐらい苦るしい思いをしても、こんな所にいて男に苦るしめられる事を思えば、入院して南京米ぐらい何でもない。どんな事だって耐えられない事はないだろうと思う。そう考えると一時でもここにいるのが嫌な気がする。早速朋輩や主人に挨拶して車に乗った。

車はバラックの吉原病院についた。入口には病院のおばさんがいて、「入院さんこちらですよ」と云っている。妾はそのおばさんに教えられたまますぐ事務所へ挨拶に行って、楼《みせ》の名と、自分が入る室の番号の書いてある札を渡されて出て来た。病室の前の腰掛には、やっぱり今日入院したものが五六人腰掛けていた。花魁達は皆青白い顔に目のうちだけを真赤《まつか》にしている。向うの方では、大勢の入院患者に囲まれて泣いている花魁もいる。その人も今日入院して来たらしい。すると若いおばさんが来て入院して来た者の荷物をいちいち調べ始めた。それは入院すると、この病院以外の薬は絶対に使わせないので、外の薬を持って来たか来ないかを調べるのだとおばさんは云った。今度は治療室へ行って体格検査をしたり、体重を計ったりした。その時の入院患者は妾とで十四五人いた。それが済むと各自は札と荷物を持って思い思いの室へ行く、妾は十一号室であった。そこには六七人の患者が大きな四角の火鉢にあたっている。妾は中へ入って、

「皆さんどうぞ御願いいたします」と挨拶すると、

「御たがい様」と云ってくれた。

入院する人は皆患者達の仲間入をする為にお菓子を買って上げるのだとおばさんに教えられたので病院の中の売店で買って来て皆の前に紙包みを拡げた。妾は荷物を片付けてしまうとどうしてよいのかわからず隅の方に一人しょんぼりと座っていた。すると患者の一人が、

「ここが明《あ》いていますからおあたんなさい」と云ってくれた。そこにいる人達は大てい半どてらを着ている。髪は皆、櫛巻とか、一そくにぐるぐる巻《ま》るめている人ばかり、皆病気の話をしているらしい。

六時半頃、カチカチと食事の拍子木を打って来た。食べたくないと思ったが

行って見た。なる程おかずは、味気のない、麩の煮たのがお皿に付けてあるきり。そのそばには沢庵《たくあん》が四切れ付けてある。御飯は南京米だけに臭かった。一杯ようよう後はたべる気になれない。

患者達は昼間の騒がしさに引かえて、笑声一つしなくなる。皆「早く退院出来るといいなあ」「どうして先生は出してくれないんだろう」と先生への恨み事を云ったりしては、沈んでいる。妾の室には皆、「こしけ」がひどいとか、傷が出来ていたり、子宮の悪い人ばかりだった。そうした患者達の話を聞いていると、何となく心細いような悲しさを感じて来る。あの様な男の為に自分達はこんな体にされた。お金で人間を自由にする男の心を妾は憎んでも憎んでも足りないような気がする。それだのにここの人達はそんな事は少しも考えていないのかしら、皆一日も早く帰りたいなぞと云っている。そうした心になっているその人達の気持が解らない。

九時、三四人の看護婦が室を調べに来た。一人でも見えないと便所迄、探しに行く。間もなく床に付いた。

病院では皆二人ずつで寝る。その夜具と云ったらまるでお煎餅のよう、丁度板の間に寝ている様な気がする。それに床が変ったせいでもあろうが、妙に甘すっぱい様な臭気が、鼻をついて中々寝付かれない。今頃楼《みせ》の朋輩達は何をしているだろう。張店《はりみせ》、客、引付《ひきつけ》、部屋、考えはそれからそれへと展廻して行く。嫌やだ、そんな事は忘れよう。

他の患者達はもう寝付いたらしい。誰か頭の上の方で歯ぎしりをしている。薄気味が悪くなって来た。

夜気の冷たい風が戸のすき間から入って来る。早く寝よう。

×月×日

八時一寸過ぎ目が覚めた。身体全体が重々しい。今迄の疲れが出たらしい。まだ眠くて仕方がないが、我慢して起きてしまった。朝のカチカチがなった。味噌汁だけでもと思ったので行った。やっぱり沢庵《たくあん》四切れに、水のように薄い大根の味噌汁だけ。帰りに賄《まかない》部屋を覗いて見ると、バケツの中に柄杓《ひしゃく》で何かをかい出している。するとそれは味噌汁だった。随分馬鹿にしている、まるで、豚か馬にでもやるように……そんな事を考えると胸が悪くなって来た。間もなく病院のおばさんが、

「下湯に入らっしゃい」と大きな声で怒鳴って来る。それがすむと、

「お湯に入らっしゃい」といちいち怒鳴って来る。

下湯や、お風呂へ入ってしまうとすぐ治療が始まった。治療は毎朝九時半頃

始まる。土曜日だけは午後一時頃始まると聞いた。

看護婦が「治療にいらっしゃい」と云って来た。患者達は早く癒して帰りたいために、一度きりの治療では物足りないと云っている。治療が始まったと云うので妾《わたし》はいそいで着物を着かえて行った。あっちの室《へや》からも、こっちの室からもぞろぞろ蟻のように出て来る。どの人を見ても皆病人らしい顔をしている。治療室には治療台が二つある。皆番号が付いている。妾は一の台の副院長だった。二の台は先生が毎日変る。先生の変るごとに薬も変るので傷が早く癒らないと云って患者は大てい二の台を嫌《い》やがっている。

妾は先生に少し「こしけ」が悪いと云われた。「でも直ぐ出られるだろう」と云っている。

廊下ではおばさんが大きな声で、

「何々楼面会！」と呼んでいる。ああ、うちのおばさんは明日面会に来ると云ってたっけ。

お昼《ひる》飯を食べに行った。ひじきのおかず、三食三十六銭だけのおかずだ。こんなものを毎日食べていては病気など癒るまいと思った。今日は割合に入院患者が少ないらしい。七人位しかいなかった。そのかわり今日も随分退院して行った。病院の人の話によると、毎日入院する人が七八人から、十五六人はかかさないとのこと、多い時は一日に二十人位の時もあるそうである。また退院する人も一日七八人以上だそうである。

紫君《しくん》さんと花魁一同へ手紙を出した。

「一日も早く癒して帰るから」との意味を書いた。

気味が悪い程静かな病院の夜は羽ばたき一つ聞えない。向うの患者室からは、花魁達の話声が、とぎれ、とぎれに聞えて来る。時々その中にまじって泣き声も聞える。

×月×日

おばさんが面会に来た。紫君《しくん》さんが三円小遣《こづかい》を届けてくれた。小紫さんも脱脂綿を下すった。おばさんは、

「早く帰って来て下さいねえ」と云って帰った。すぐ、御見舞いただいた人へ礼手紙を出した。

病院には、おばさんが四五人いて、室々によって持《もち》のおばさんが定《き》まっている。おばさんは二日おき位にガラスを掃《ふ》いたり、雑巾がけをしたりして室《へや》掃除に来る。たまに夜具の襟が汚れたりすると、取替る。

また病院のおばさん程、意地の悪いものはない。随分ひどいと思う。丁度廓

の遣手《やりて》婆さんと同じようだ、患者達が物をやりさえすれば喜んでいる。花魁達は入院すると大ていそのお婆さん達に入院した時に一円ずつ遣る事になっている。まして初入院などの時はなお更である。

花魁の中には随分可哀そうなものもある。紙や脱脂綿さえも不自由している人が沢山いる。余り永く入院しているので主人から小遣も与えられないものもいる。そんな時にはおばさんに遣れない。するとおばさんは、その花魁達に対して随分ひどい態度をとる。廊下で会っても突慳貪《つっけんどん》に物を云ったり、なんでもない事を糞味噌《くそみそ》に叱かり飛ばしたり、いつまで経ってもその人の夜具の襟だけは取かえないとかして意地悪する。そうした意地悪の室持のお婆さんは、お金を遣った人とやらない人はおびただしく分け隔てをする。実に現金だと思う。それもいいが、物を遣ったその時だけである。また客や、朋輩から来た手紙でも三日も四日もその花魁に渡さないで、客などから催促されて始めてお婆さんに聞いて見ると、しらばっくれて文句を云いながら出してやる。また少しも字の知らない人がお婆さんに手紙を一寸書いて貰っても、相当に礼をしないと、いい顔はしないそうである。今日も「お婆さんに手紙をたのんだら五十銭とられた」と云っていた花魁がいた。

病院の先生も随分だと思う。花魁に対してまるで犬か猫のように思っている。

同じ人間でいながら……一寸何かあっても大勢の人の前で恥をかかせる。随分ひどい先生もいる。ほんとうに親切の先生もいるが、病院の先生はどうして皆あんなに威張りたがるのだろう。だから看護婦まで威張っている。妾《わたし》はそんな事を考えると自分の事の様に腹立しくなる。そうかと云って、今の自分ではどうする事も出来ないが……。

妾の室で同じ楼《みせ》の花魁が二人いた。今日その片方の人が退院すると、片方の人は泣き出してしまった。妾はその様を見て涙ぐまずにはいられなかった。そうして残された花魁は他の患者達に慰められてやっと泣き止んだ。そうした患者達の顔にも、自分も帰れたら……と云う色が現れている。だんだん皆が入院を恐れる心理が少し解る様だ。

夜何となく心細さに、故郷へ入院しているとの手紙を出そうと思ってペンを走らせたが……よそう、どんなに母や妹が心配するだろう。入院したなぞと云えばどんなに悪いのかと思って驚くだろう。そう思ってやっぱり無事に暮していると書いて出したが、まだ云い足りない様に感じる。今の苦るしみを訴えたい様にも思う。ああ、もうよそう。絶対にそんな事を……どんなに苦るしもうと、家へ云ってやるまい。

今夜は馬鹿に皆さわいでいる。他の室の人が二三人遊びに来て、「病院の南京飯たべあきた」と云って唄っている。秋田の人とか、皆から秋田おどりを強いられて踊っている。何だか面白い節をつけて……。

けれど何と云う悲しい慰安だろう……向うの隅では手紙を書いている花魁もいる。そうして一時でも苦るしみを忘れて、何にも考えずに騒いでいる人達を思うと自分よりもその人達の方が或は幸福ではないかとも思われた。

×月×日

治療に行ったら副院長先生が、

「大変よくなった。もうすぐ出られる」と云った。側にいる患者達は羨ましそうに私の顔を見ている。

今日はお年取だった。今年はとうとう病院でお年取をしてしまう。何んて事だろう。

去年まだ父が生きていた時に豆撒《まめま》きをした事が思出《おもいだ》される。あの半身動かないながらも、

「鬼は外、福は内」と大きな声を出して豆撒きをしていたっけ。

「今年は元気がない、来年からはお前が年男だからやるんだぞ」と云ってお豆が入っているお重箱を、兄に出した父の姿が、ありありと浮んで来る。それに

今年は……いやこれから何年……妾《わたし》は悲しくなって来て泣かずにはいられなかった。

「長金花《ちょうきんか》さん、どうしたの」誰か火鉢の方で声をかけてくれた。

「泣かないで入らっしゃいよ、誰だって悲しいわ、仕方がないわ、長金花さん一人だけじゃないんですもの、妾まで泣きたくなるわ、ね、泣いたって仕方がないわ、泣くと傷がよくならないわよ」とやさしく云ってくれる。

何にも知らないで……早く退院が出来なくて泣いているんだと思っている。妾の心の中はそんな事じゃないのよ、泣けるだけ泣くのよ、妾は心の中で呟いた。

夜になると患者達は皆騒いでいる。病院のお婆さん達が、花魁まげの鬘《かつら》をかぶって白粉《おしろい》付けて豆撒きをするのだと初めて聞いた。そんなものを見たくもない。今夜は早く休もう。頭が痛いからと云って、誰よりも先に寝てしまった。

向うの方から騒々しい声がする。豆撒きが始まったらしい、だんだん騒がしい声が近づいて来た。皆、わあわあ喧ましい程笑ったり騒いだりしている。

ああ、妾はどうしてよいのかさっぱり解らなくなって来る。

×月×日

患者達は皆不平らしく先生の噂をしている。もう長く入院しているらしい年増の花魁は、部屋長《へやがしら》なぞと皆から云われて悦んでいるらしい。

「何でもお金の世の中だね」とその年増の花魁は云い出した。

「今日××楼の花魁はね、あんなに子宮が悪いと云うのに駒《こま》が付いて明日退院するんだとさ。何でも昨日主人が来て、先生に色々話をして、賄賂《わいろ》を使ったらしいね、とてもね、××先生と、××先生と××先生は、一番賄賂が効くそうだね」と頻《しき》に話をしている。すると、側にいた花魁も、

「皆んなそうらしいね、賄賂を使って入院させない楼《みせ》が随分あるね、金の力は恐ろしいもんだよ、それにあの××先生はいつも女好きでね、一寸綺麗な人だとすぐ優しい事を云ってね、いけ好かないっちゃありゃしない。あの京二の××楼の××と云う仇っぽい花魁がいるだろう。いつもあの花魁が治療に行くと二人ででれでれ巫山戯《ふざけ》ている人だからねえ」と口々に先生の批評をしている。

妾《わたし》が本をよんでいると、一人の花魁がそばへ来て、

「長金花《ちょうきんか》さん手紙を書いて下さらない？」と妾の顔を窺いながら云った。

「ええ、下手ですけれど……」

朋輩と、その人の国へお金を送ってくれとの二本書いて上げた。

「下手ですけれど、いつでも」と云うと、喜んでその手紙を出しに行った。そ

うした後姿を見た妾は、何故か嬉しさを感じた。

売店へ食パンを買いに行く時に、外科室の前を通ったら、手術した人が八九人寝ていた。皆「よこね」を切った人ばかりだと聞いた。

そう云えば今日も手術室から寝台に乗せられて出て来たっけ。どんなに苦しいだろう、本当に可哀そうな人達。手術した人は皆南京米のお粥だそうで、それに梅ぼし一つに支那玉子が一つ付くのだそうである。こんな物では体なんか癒らしない。却って体を悪くするようなもの、ほんとうに考えさせられる。手術室は随分怖い噂さがある。夜中の一時頃になると綺麗な花魁が出て来て、「綿を下さい、紙を下さい」と云って出るので誰も手術室へ寝る者はないそうである。

多分そこで手術して苦るしめられた人の恨みが残っているのであろう。

×月×日

治療に行ったら思いがけなく駒が付いて、明日退院する事になった。妾《わたし》は突然なので驚いた。もっと病院にいたくなって来た。二週間たらずで帰されるとは思わなかった。他の人は皆泣く程帰りたがっているのに、その人達に替ってやりたいような気がする。本当に楼《みせ》へ帰るのは嫌だ。どうしたらいいだろう。

妾は不安に襲われて来る。いくら考えてもどうにもならない事だ。いつまでも今日の一日が暮れなければいいと思う。

妾の室《へや》で一人の患者が、先生の使う子宮器を使って見ていた。そこへ運悪くお婆さんが来た。見る間に顔色をかえて、

「何ですか今のは……」と云った。いきなりその人がお婆さんの傍へ行って何を話したらしい。お婆さんはそのまま黙って行ってしまった。その花魁は、

「大丈夫よ、先生に知れないから」と制して云った。おばさんにお金をやって口止をしたらしい。病院では、先生以外に子宮器を使うなんと云う事は喧《やかま》しかった。一度でも使っているのが先生に解ると、がん器は事務所へ取上られるし、それを使っている楼の主人が呼び出されて叱られるそうである。そんな事をしては、おばさんは患者をいじめている。

×月×日

「長金花《ちょうきんか》さん、駒が付いたんですってね、お目出度う、今日帰れて嬉しいでしょう」と云う。

「有難う」とは云ったものの心の中はたまらなく楼《みせ》へ帰る事が嫌だった。とうとう見なおしをして帰らなければならなかった。患者達は、

「いいね帰れて、妾《わたし》より後から入院して先に退院して帰って了《しま》う。ほんとにいいね、長金花さん早くよんでね」と云って淋しそうな顔をしている。妾は何を考える間もなく迎えが来た。仕方なく、

「皆さん色々御世話になりました、御大事になさい。では御早く」と云って来た。何となく悲しい感じがする。病院の入口には車屋が待っていた。

「長金花さんですか、さあどうぞ」と云う。車屋の言葉も皮肉に感じる。車はいよいよ楼に付いた。直ぐお婆さんが二階から降りて来た。

すぐ主人に挨拶した。主人はうれしそうに笑っている。間もなく、髪結《かみゆい》さんが来た。と朋輩達はもうかん部屋で休んでいる。髪結さんは、

「花魁、初入院じゃ大変でしたね」と云ってる。帰って来るそうそう髪なんか結せられる、何て云うことだろう。また病院へ帰りたいような気がする。あの主人の顔、おばさんの顔を見るのさえ恐ろしいようだ。おばさんは、

「早く部屋掃除をして休みなさいよ。兎に角少しでも入院して来たのですから、その積りでせい出して働いて下さい」と云う。

　妾はほうきを持って部屋へ行ったが、お掃除する気にもなれない。再び病院の事がまざまざ浮んで来る。客の事を思うと、身ぶるいがする。また今夜から男に苦るしめられなければならない。

×月×日

夜の御飯のとき、若葉さんが、

「こんな寒いのに、蒸《ふ》かしたってよさそうなものに」と、わざと御内所《ごないしょ》にきこえるように、面当《つらあて》がましく云った。

「まったくだよ、腹の中が凍ってしまいそうだよ」と、一緒に食膳に向っていた清香さんが相鎚を打った。

どうせ鬼の住家のここの事。こんな食べ物なんか当り前だと思っていた。今こんな事を聞くと自分はなんだかしら救われる気がしてならない。

「金借りてあるんだし、どうせこうゆう商売をしているんだから」と諦めてしまって、主人やおばさんから何されようが我慢して、ジット歯を喰いしばっている彼女等を見て、情ない気と悲しさに一杯だった自分は、こんな偉い人が居るかと思うと心強くさえなる。

「あの親爺の奴、冷たい飯《めし》を喰べさせたり、おかずをなくして置くと花魁が客にねだれて、台のものを取るから、そうしたら頭はねて儲かると思って、あんな風にして置くんだよ。馬鹿にしていらあ」とあとで若葉さんは怒りながら言っていた。

何の楽しみもない妾達《わたし》に、それに、身体が疲れて食事の美《おい》しくない妾達にこんな風にして置くのは随分酷《ひど》い。益々身体はこわれるだろう。

朝飯《あさはん》。朝、客を帰してから食べる。味噌汁に漬物。寝不足で疲れ切っている妾達には喉を通らない。食べずにかん部屋でグウグウしているものが多い。らっきょうでも食べたいと思っても、食べさせられない。口の臭いがするからとの事。

昼飯《ひるはん》。午後四時に起きて食べる。おかずは大底煮〆《たいていにしめ》、たまに煮魚とか海苔。

夕飯。ないと言ってよい位。夜十一時頃おかずなしの飯を、それも昼間の残りもの、蒸かしもしないで、出してあるきり。味の悪い、沢庵《たくあん》もないときが多い。

「畳の上で死なれないよ」

「地獄へ行って、うんと今迄の仇を取られるんだね」

こんな事をよく言われている。

飢えさせて置いて、その飢えさによって、自分の懐《ふところ》を肥やす主人。

自分は何んだか可哀相になって来た。

×月×日

紫君《しくん》さんの怒鳴り声に、目が醒めた。四囲を見廻すと、他の朋輩達も、目をパチづかせながら聞いている。三週間ばかり前から、体が悪るくて床に就《つ》いている紫君さんは、気狂の様に、大声で怒鳴っている。

「なに、好き勝手で寝ているんじゃないんだ。身体が悪くなけりゃあ、誰が寝ているもんか。何を云っているんだエ」

紫君さんは、寝床の上に座って、鉢巻してまるで男の様な恐ろしい意気込で、怒鳴っている。かん部屋の窓から主人が首を出して、

「誰が悪いと云った。女の癖に、生意気ばかり云やがって、少しおとなしくしろ。人が黙っていればいい気になって、我儘《わがまま》云うにも程があら……。貴様の様な我儘な奴があるか、女のくせに気をつけろ」

と青筋を立てて怒っている。

側で朋輩達や、妾《わたし》が止めるのも聞かずに、紫君さん怒鳴りつづける。

「フン、女の癖にだって！　女だって、男だって、理屈に二つがあるか。人が病気で寝ていれば、良い顔もしないで、当り散らして、仮病だの、困るとか云やがって、何だ。それで良いのか、悪いのか、警察で聞いて見ろ。いくら寝て居ても借りただけの借金さえかえせばいいんじゃないか。借金を踏み倒しはし

まいし、千や二千の金が欲しけりゃあ、今でも返してやら…」

聞いていた主人は、こんな女に今にどうされるか解らない、警察へでも行かれたら大変だと思ったのか、前よりも静に、

「貴様の様な、そんなものに構っていたって仕様がない。何でも勝手にしろ」

と云い捨てて帳場の方へ出て行って了《しま》った。

後に残された紫君さんは、

「何勝手にしろって？　勝手にするさ、何もかも縛りつけられてたまるものか」

側に寝ていた松島さんが、一生懸命止めていた。

「紫君さん、良い加減にしなさいよ。またそんなに怒鳴ってなお体が悪るくなるじゃないの、静に休んでいらっしゃいよ。仕方がないじゃないの。使っている者と、使われている者とだもの、あんたさえ黙っていれば、いいんだからね。そうして頂戴ね」

紫君さんはそんな事には耳も傾けず、さも口惜しそうに眼の色をかえて、口を結んで、息づかいも激しく、丁度気狂の様だった。

「警察へ行って、話して来る」

向う鉢巻のまま、伊達巻をしめ直して、妾がいくら止めても「お前なんか黙

っておいで」と、はねのけて、ブツブツ怒り乍《なが》ら、鉢巻を取った。そして羽織を無造作に引っかけて、下へ出て行った。

勿論《もちろん》、朋輩達は、よりつけなかった。そして警察へ本当に出かけるかも知れなかった。

主人は驚いて、

「どこへ行くのだ」

と、真青《まつさお》になって、ブルブル震えながら怒鳴った。紫君さんは振り返りもしないで、

「どこへ行ったって、大きなお世話だ。勝手にしろって云ったから、勝手にするんだ」

と表へ出ようとする。書記やら、番頭が、一生懸命止めていた。さすがに主人も驚いたらしい。

「警察へはやらないでくれ……。止めてくれ!!」と怒鳴った。

みんなに引止められた紫君さんは、主人の悪たいを並べていた。

もうこれ迄二度も、紫君さんは主人と争っている。来てから常に体が悪くて余り働かないで、医者にかかり続けだった。何かの中毒で、注射をつづけていた。そして若《も》し注射の気《け》が抜けると、身体中が痛むのだそうで、日に二本ずつ

注射していた。その上強度のヒステリ症だった。ここの花魁中、一番の年長者で、若い時から所々方々飛び廻って、苦労と云う苦労を嘗め尽した上に、三十一にもなって、娼妓になった人だった。こんな人を海に千年、山に千年とでも云うのだろう。

だから朋輩達には、同情があって、皆自分の妹の様に可愛がってくれる、何事でも一番の相談相手だった。

殊《こと》に妾にとっては、一番の力だった。始めて店に出た時なぞ、どんなに優しく世話してくれた事だろう。妾が朋輩達に何か云われると、自分の事のように、怒っていた。妾は姉さん姉さんと呼んで慕っていたのだった。

そして毎日の様に冗談を云って、一人でみんなを笑わせていた。だから紫君さんがお店を休んでいる間は、みんなで淋しがった。

そうした人だけれど、遣手婆《やりて》さんや主人に対しては、手のつけられない人だった。

怒ると恐ろしいので、みんな腫物《はれもの》にでも触る様にしている。

一方、我儘者だけれど、苦労した人だけにものが良く解っていて、決して人の気をそらせない……雇人などに対しても、痒い所に手が届く様、よく気の付く人だった。一方に男まさりな荒っぽさがあるが、涙もろい性《たち》で、紫君さんと

妾と一緒に部屋を使っていた時など、何を考え沈んでいるのかと思っていると妾の顔をつくづく眺めながら、

「ほんとにお前も可愛想だわね」と云っては涙ぐんでくれていた。そして妾は訳が解らないなりに悲しくなるのだった。

あらゆるものの下積になって荒《すさ》み、厚顔になり、破廉恥《はれんち》になり、虐げられ切ったものの、那落《ならく》の底の反抗、妾にはいくらか、紫君さんの気持も解って来た。

「妾は一生男を呪ってやるのだ。そして、此楼《ここ》の解からぬ我利我利亡者《がりがりもうじゃ》には、うんと……」

恐ろしい顔付で体中を堅くして云っていた。

「皆んなは、まだ若いのだから、余っ程油断をしないで男にかからなければ……決して男に惚れたり、欺《だま》されたりするものじゃないよ」

など云う事もあった。

いつだったか、紫君さんは、今日までの自分の生活を、部屋で二人の時話してくれた事があった。そしてすっかり泣かされた。

信州の山の中、中農の娘に生れた紫君さんは、それ程不幸な人では無かった。人一倍早熟だったのと、持って生れた我儘さとが因をなして、十七才の春、男の後を慕うて家出した。一徹な紫君さんは、燃える様な愛情に生き様とした。

親類縁者から、どんなに説き伏せられても、家には帰らなかった。過分な放浪性を持っていたらしい。結局男の為に酌婦に売られた。併《しか》し、こうした紫君さんに、籠の中の生活が堪え得られる筈《はず》はなかった。

逃亡を企てた。併し、そこには生活難が牙をむいて待ち構えていた。而《しか》も男の姿はもうどこを探しても見出せなかった。

職を求めに周旋屋《しゅうせんや》へ飛び込んだ。毒牙は再び彼の女を酌婦に売った。そして転々として苦界の底を、逍《さまよ》うて廻った。逍い抜いた。そうしている中に或中毒に罹《かか》って、永久に昔の強健な身体を失って了った。流れ流れてこの吉原にたどりついたのだった。

紫君さんの運命は波瀾を極めた、悲痛そのものだ。紫君さんの現在は、「仕方が無い、何事も運命だ、自分が悪いのだ、我慢しよう」そんな不徹底な生活じゃない。彼の女は、今あらゆるものに過古半生の反抗を、復讐をしようと、痩せ細った体で立ち上っているのだ。

世の不幸な我々女性の為に、下積になって暮している那落の底の女達が、一致団結して紫君さんをその先頭にでも立たしたならば、紫君さんは、どんなに目ざましい働をするか知れないだろう。

「女郎屋の親爺、殊にこの家の狸親爺なんか、うんと虐《いじ》めてやらなくちゃあ」

そんな事も云っていた。

併し、籠の鳥、と云う言葉がしみじみ思われる。どんなに力んで見ても、どんなに力限り叫びつづけて見ても、籠の中だけの妾達だ。

×月　×日

今夜も江東さんが来られた。

清川さんに五十銭貸して上げる。

弥生さんのお馴染の人がお連れ初会四人連れて来た。

その人達はみな弥生さんの人と同じ商売で、料理店を出しているとか。自分の出た客は四十がらみの嫌な、獣のような奴。弥生さんが内緒で紙の包を袂に入れた。勝つおまじないだそうだがいやらしい事。そのせいか、弥生さんの人が大そう勝ったそう。それで弥生さんは大喜び。

あの人達はまるで博奕《ばくち》打ちに来るようなもの。

×月　×日

引け前に初会一人。

八時洋服さんが上った。四時間五円の遊び。

「君はデリケートだね」と云う。妾《わたし》はその意味が分らないので、

「デリケートってどう云う訳ですか」と聞くと、

「そうだね、こうだと言葉で云いあらわす事は出来ないが、まあ君のような心の美しい、どう云うんだろうなあ、女らしいとでも云っておこうかな、それに君は少しも商売気がないね、君は偉いよ、何でも知ったふりをしないから、大《たい》底《てい》の新らしがりの女は何でも知ったふりをするんでね、商売気がなくて感心したなあ」と頻《しき》りにほめるので、何だかおだてられているような気がしてならない。随分この人は口のうまい人だと思って見たが、一方にはまんざら悪い気もしない。人をおだてておいて……と、それとなく様子を見ていたが、そんな人でもなかった。

「あなた、音楽好きですか」と聞いた。

「僕大好きだね」

「じゃ、何か静かな淋しい歌を唱って下さらない」

「別に淋しい歌って何にも知らないけれど、君『白鳥の歌』はいい歌だと思うね、実に人の心を淋しくするね、僕は声が悪くてね」と云って歌い始めた。何とも云えない涙ぐましいような歌だった。自分も一緒にステージにでも立って

歌っているような気持で聞いていた。その内おばさんが、

「お時間ですよ」と云って来た。その声に一時に楽しい夢を破られたように、元の淋しさに帰ってしまった。お客は、

「気にむいたら来るし、むかなければ来ない。当てにしないでね、僕は人のように必ず来るなんて云わないよ、そんな事云って、後で来られないような偽《いつわり》は嫌いだからね」と云って帰って行った。本当に男らしい、さっぱりしている人だと思った。少しも悪気のない人らしい。もう一度「白鳥の歌」を聞きたいような気がする。

ああ、さっき妾は商売気がないと云って、あの人がほめたっけ。いつまでもその言葉が心のどこかではね廻っている。

×月　×日

今夜は客全部で十人。

其内初会三人、三円一人、四円二人。

馴染七人、五円三人、六円一人。

十円二人、十一円一人。

計算して見ると、六十三円になる。

其内《そのうち》楼主は四分三、四十七円二十五銭取って了《しま》う。そして、四分の一の十五円七十五銭が自分の収入になる訳である。がその内本当の娼妓の日常生活費として取れるのは、金額の一割の六円三十銭。あとの残り九円三十五銭は自分の借金の方へ入る事になる。

こんなに稼げるのなら、借金なんかすぐ返して了う筈《はず》だろうが、どうして誰も六年もいるのであろう。

お職《しょく》の中将さんは今月もまた最高で、六百幾十円の稼《かせ》ぎ高《だか》だった。それだのに、あの人はもう六年位いるそうである。稼高六百円の内、借金に入るのは一割五分の九十円であるから、二千円位の借金は二年位で済む訳であるのに。自分は不思議でならない。

×月×日

今日も亦《また》あの憎らしい周旋屋《しゅうせんや》の事を思い出した。

今の自分のこの苦しみは、それは自分の不運からであるかも知れない。しかし、あの周旋屋さえなかったら、決してこうはなりはしなかったと思う。

「あの人は決して悪い事はしないよ。近所ではあるし、だから、もし悪い所なんかなら、却って止めて下さるよ」

身売の相談のときの母の言葉を思い出す。

自分も思った。あの人の小供は皆偉いと聞いている。二人は早稲田大学を出て、一人は明治出で、小説や画《え》が甘《うま》いと聞いている。そんな小供を持って、立派にやっている人の事だから、まんざら悪い事はしないだろうと、自分は安心して、万事を頼んだ。それが誤りの源であった。

自分は、初見世の夜から周旋屋を呪い通しだ、決して忘れない。自分は生命のある限り、あの周旋屋を苦しめてやらねばならない。

自分があの夜、死のうと決心した。が出来なかったのは、母や妹の事もあるからではあるが、自分を欺《だま》してこんな所に投《ほう》り込んだ、あの周旋屋に復讐してやりたい為に、あの決心を翻《ひるがえ》したのだ。

自分はどんな事をしても彼に復讐してやる。

どうせ汚《けが》れた、死んだ、この身、どんな事でも出来る。

文を書くように勉強して彼に復讐してやる。

楼主も怨《うら》む、男も憎む、また世も呪いたくなる。けれど、それよりも自分は人の無智に乗じて、人を再び蘇られない死のどん底に投り込んで、自分のお腹を肥やし、そして、尚自分の子供等を大学へやるという、彼《か》の周旋屋を憎まないでいられない。

しかし、そんな商売をしている周旋屋を親に持った子供さん達は決して心穏かでないだろう。大学迄行って高等の学問をした人達だから、きっと、親に止めなさい、その代り私等がうんとこれから働いて、楽をさせて上るからと言ったに違いないだろう。それでも止めていない所を見ると、余っ程お金が取れる商売だからだろう。けれど、子供さん達は随分苦るしんでいるに違いない。

自分はよく考えて見ると、自分達不幸なものが、あの人達に学資を貢いでやったもののようである。自分は決して、あの人達の鉛筆や、角帽を買って上げたくはなかったが、なんだか、買って上げたような気がする。

×月　×日

世の凡《すべ》ての人が、野に山に、人間生活の苦悩をすっかり忘れたかの様に浮れ騒ぐ花時を、たえられない故郷恋しさの思いで迎えたのも、つい昨日の様な気がする。

始めて知った、仲之町の賑かな夜桜を、二階の欄干《らんかん》にもたれて見たのも一夜か二夜。それにもう、庭の緑も深くなって、物憂い五月の陽に照らされ出した。

あの始めて店に出た当時の、日の長かったのに比べて、どんどん過ぎて行くこの頃の日なみの速さが一寸うれしい様な気もする。一月、二月、そして半年一年。もうあと一月で、もう半月で年期が開けると云う時が来たら、どんなにうれしい事だろう。

一人で居る時は、いつもこんな空想に慰められもするけれど、勤めに出てから約半年の間に、まだ百円しか借金の減っていない事を考えると、すっかり力抜けがして了《しま》う。そうしてこれから梅雨、炎熱の夏を、こうして苦しめられるのかと想像するだけでも、良い加減苦しい事だ。

夜八時、坂本さんから電話がかかった。

頼んで置いた本を今郵便で送ったから、との知らせだった。一日一日と自暴自棄に陥って行く妾《わたし》の心には、読書が一番の慰めであり、また力だ。明日は本がとどく……そのことが今の妾の明日への楽しい期待だ。

用がすんでから、

「いらっしゃいよ、今晩！」

と云ったら、

「なんだ、この前云ったじゃないか。今週は行かれないからって」

と、少し不平らしい言葉の調子であった。卑しい商売根性で云う訳では無いけれど、「いらっしゃいよ」「来て頂戴よ」なんて云って置けば、お内所《ないしょ》では御気嫌が良くて、そうでも云わないと、「電話を切れ、いつ迄つまらない話しているんだ」などと怒るんだから、本当にひどい親爺だ。まさか、お内所の前に対して、「電話に出た時は、必ず『いらっしゃいよ』と、云わねばならないのだから」と、説明する事も出来なかった。

今度来てくれた時、良く話して置こう。

引けの御飯の時（大底《たいてい》の夜の十一時頃）、小万さんが、主人に聞える様に、「おかずも、なんにも無いから、何かお弁当でも、洋食でも取って、食べようじゃないの」と、怒鳴っていた。

「本当だわ」と妾も相槌を打ちかけて、言葉に出せなかった自分を、後でつくづく憐れに思えた。

小万さんは偉い人だと思う。

×月×日

おばさんが、しょっちゅう、「宵に上る客をつとめなければ、駄目ですよ」と云っていた。何故かと聞いて見たら、宵に上る客は、金を持っている、夜遅く上る客は、方々で遊んで金を使った揚句だから、金は余り持っていないからだそうだ。

亦《また》、傷が出来たようだ。明日は外来（病院以外いつも診察を受ける医者の事）へ行って来よう。

山村さんが来た。資生堂のパイをお土産に持って来てくれた。

×月×日

今晩、某大学医科の生徒とか云う連中、七八人一度に来る。

「君は未来のドクトルじゃないか」

と、気障《きざ》な話し振りをする。そんな事でも云うと、さも花魁に尊敬されるだろうと思っているらしく……。

一体が医師とか云う連中程、しつこいものはない。花魁達は皆んなを乗せて、嬉しがらせている。それも知らずにいらっしゃる方々こそ、お目出度き限りぞかし。

×月×日

今夜は移り替だ。書記さんは、花魁各々《おのおの》に馴染客の名前を聞いて、記している。

移り替りと云うのは、六月五日に、十月五日と年に二度あって、冬ものから夏ものへ、夏ものから冬ものへ、衣装を着替える日だ。今夜は始めて、大金を費した夏のしかけに着替えるのだ。そして馴染客が来て「しまい玉《ぎょく》」と云って、全夜遊びの玉を二本つけて貰い、芸者を上げたりして祝い、そして、おばさんに御祝儀を五円出して貰わねばならない日だと、おばさんや朋輩達に聞かされている。

書記さんが、妾《わたし》の所へ来て、

「どの人の名前を付けるのですか」

と、聞いたけれど、そんな事、頼む事の出来るお馴染なんかないものだから、

「妾、そんなお馴染なんか無いから、知らないわ」と、云ってやった。そしたら、三度目を付けて行った。三度目とは、裏には来たが来るか来ないか解らない、未だお馴染と云えない客に付ける言葉だそうだ。

そして、この移り替が出来ない場合は、罰金として、二円帳場へおさめなければならない。誰でもこの場合、そんな罰をくうのだそうだ。

而《しか》も、花魁をしていて、一人でもそんな客が無い者は、花魁の恥だと聞かされている。

だけど、移り替をしてくれる様な客が来ないからと云って、罰金迄取るのは、随分無理だと思う。

かん部屋では、大勢花魁達が集って、客の話に余念が無い……皆心配そうな

顔をしている。と、一人の花魁が云う、

「××さんに、この前是非来てくれる様に、頼んで置いたけれど、今夜来てくれるかしらん。まさか嘘は云わないだろうと思うけれど……」と、さも不安そう――。

「妾の××さんも今夜きっと、来ると云ってあんなに約束して帰ったから来てくれるだろうと思うけれど、お客なんてものは、ほんとうに的《あて》にならないもんだからね、来て見なけりゃ、解りゃしないわ。ふだん始終来ている客でも、移り替りになると、皆来なくなるんだもの……随分かたく約束しても、実際あてにならないからね。嫌になって了《しま》うわ、ほんとに」と、一人が云う。誰を見ても、皆憂い顔をしている。

「あんたなんか、少しだって、こぼすことはありゃあしないわ。あの……いつも来る××さんが来るでしょう。それが妾なんか、丸っきり的がないんだもの、でも、二円損をすると思えばいいわ。来ると思って的にして待って居てもね、ほら……去年の様な事があるからね、なまじ待っていて、待ちぼけ食うよりも、待たないで来れば、是《こ》れ程結構な事ないわ。……馬鹿々しい去年の事を考えると、腹が立って、腹が立って……あの馬鹿野郎、今頃どこでどうしているかね……」

小染さんは、一人で、一生懸命ぷんぷん怒っている。

「どうしたの」と聞くと、小染さんは尚も語りつづける。……

「全く、あの梅沢の奴ばかりは、妾的にしていたからね。移り替が来る二十日ばかり前から頼んで置いて……それに、あればっかりは、来てくれると思ったから、それから来ても、妾は態々《わざわざ》無い懐《ふところ》から立て替えてさ、それであの奴、こう云う好い事云っているんだもの、『ほんとに君にこんな事して貰って済まない。その代り、僕も移り替には他の人に恥かしくないだけにするから』なんて云ってさ、移り替の前の晩まで妾に迷惑かけて置いて、それっ切《きり》、影も姿も見せはしないんだもの。移り替の日さ、妾も馬鹿さね、随分……それは待たされて……馬鹿らしいと云って、ありゃあしないわ。その晩、男の心をつくづく考えたら全く情けなくなってね。決してこれからは、客の云う事なんか信じまいと、神様に誓ったわ。あの奴だってきっと、良い報《むくい》はありゃあしない。全く憎くらしい……」

気の毒な程、怒りつづけていた。

「でも、的にしない人が来て、移り替してくれたり、運が良いと、初会でも二本位、玉をぬいてくれる人がいるからね」

と一人の花魁は笑い乍《なが》ら云っていた。

妾は、客の事など、少しも考えたく無い。只今迄の厚ぼったい着物から、初めて小浜ちりめんの単衣《ひとえ》の、秋草模様の付いている着物を着て、同じ小浜の鴇《とき》色《いろ》の帯を前で花結《はなむすび》にした姿が、珍らしくもあり、嬉しくもあった。客なんかどうでも良い様な気がする。来ても来なくも、この着物さえ着ていればいいと思った。鴇色の帯を前の方で花結びにした所を一寸見ると、昔の花魁の様な気がするけれど後の方が、ずんどうになって居るので、後姿はお寺の坊さんの様な気がして、おかしくもなった。余り珍しい自分の姿に見とれて、うれしい様な、おかしい様な、変な気がした。

さて、多くの花魁達が、柄は異《ちが》うけれど、皆同じような恰好《かっこう》して、張店《はりみせ》に集った。でも相変らず曇った顔は、皆客の来る来ないを、心配しているらしい。そして相変らず、ガヤガヤ騒がしい話が始められていた。

その中《うち》に、二三人の客が上ったらしく、暫《しばら》くすると、芸者と半玉の足音に、張店の花魁達は口々に、

「誰の所なんだろう？」と云っていると、やがて帳場の方で、「どうもあり——」芸者と半玉の声だ。梯子段を上って間も無く、景気の良い、賑かな甚句《じんく》の太鼓の音が聞えて来た。誰の部屋だろうと思っていると、お職《しょく》の花魁の部屋だった。

「やっぱり少将さんの部屋だわ」

一人が羨しそうに二階を見つめて云った。後から後から客が上る。そしてあちらでもこちらでも芸者が上ったらしく、賑かな唄い声や、三味、太鼓の音が、うるさい程聞えて来た。残された七人の花魁達は、とうとう諦めねばならない時が来た。

「思えば恥だけれど、その時の運なんだから仕方が無いわ、いつもこんな時ばかりは無いわ」

と諦めている様なものの、どことなく淋しそうな、元気の無い力抜けのした様子だった。

妾は先も、誰かが云った様に、運が良ければ、初会だって玉抜《ぎょくぬ》けが出来る事があるんだもの、出来なければ出来ないでかまうものかと思って、平気でかまえていた。

そうかと思えば、側に居た花魁が、

「玉抜きなんか、出来なくても構うもんか。二階へ上っている芸者は、皆妾達が上げていると思えば、いいじゃないか、そう思って聞いている方が、余っ程いいわ」と一人で大声で笑った。やがて太鼓の音はばったり止んで夕霧さんの部屋では、爪弾きで三下《さんさが》りを引いている。……四囲の静けさの中に、甘い男の性も根も、盪《とろか》せる様な、音が流れて来る。……

……我が恋は、細谷川の丸木橋
　渡るにこわし、渡らねば……

　そして、爪弾きが止んだ時、書記さんの奴、

「春駒さん、まだ誰も来ないのかい。俺が玉をつけてやろうか」とひやかす……。

癪《しゃく》に障って仕方がない。そう云われて急に、誰も来ないのが情なくなって来た。何だか馬鹿にされている様な気がして、たまらなかった。

……妾だって、今晩誰も来なくたって、この次の移り替には、驚かしてやるから……心の中では、こんな時、ひょっと誰か来てくれれば……と思っていると、誰か的も無い人が来そうな気もした、が駄目だった。

　その上に規定通り、移り替の出来なかった七人の花魁は、二円ずつの罰金を帳場に収めねばならなかった。

　花魁の恥……そしてその上ひやかされ……罰金を取られ……お小言迄も戴いて、意地でもこれからこの恥を雪《そそ》がずにいられようか。いや、……でもそんな事を思っていてはならないのだ。凡《すべ》てのものがこの廓の空気になじんで、妾一人が異端者扱いされようと。

　今晩の妾達七人は、妾達が悪いのか、お客が悪いのか、主人が無理なのか……。

兎に角、たまらなく不愉快な日だった。

×月×日

主人は随分、訳が解らなさ過ぎる。夜一晩中働きの為に疲れ切って、一分も早く寝ようとしている時に、丁度掃除も済んでこれから安らかに寝ようとする時に限って、義太夫を習い初める。お師匠さんと二人の声だもの、とても酷《ひど》く、大きく、騒がしい。良く他の花魁達も、我慢している事だ。

「あの親爺は義太夫を、一年位もやってるじゃないの。それにあの唸り方って無いわね。あれじゃ、義太夫だか浪花節だか分りゃあしないわ。あの親爺に何が出来るものか。お金儲の外《ほか》に能は無い親爺だから」

ある花魁がそんな蔭口をきいていた。

お客から二通甘い手紙が来た。返事を書き乍《なが》らそう思った。客も妾《わたし》達も、義太夫を唸る親爺の為に、苦労する様なものだと。

×月×日

髪結銭《かみゆいせん》、三度分九十銭払わなければならない。千代駒さんから借りて一円やる。

髪結銭ばかりでも、大変。一日置き三十銭ずつとして、月に四円五十銭、五円はやらねばならない。時々おごるし、油、もとい、花がけ、だなんだと云うと、月に大分かかる。安く見て八円。

誰が為めに、この髪結ふぞ
　悲しくも、夜毎に変る
　　仇《あだ》し男《を》の為め。

×月×日

今日は弥生さんと二人で、お茶を飲みながら色々と話した。

「弥生さん、あなたはどうして、こんな所へ入ったの。何か家の事情でもあって？」

妾《わたし》はこの人も亦《また》、家が困った為だろうと思って、様子を聞こうとした。

「いいえ、妾の家はそんなに困っていないのよ。妾周旋屋《しゅうせんや》にすっかり、欺《だま》されたのよ。妾の家は秋田の山の中で、東京の事なんか何んにも知らなかったわ……周旋屋が来て、『あなた方の一番よい着物でも、東京の廓へ行けば、寝巻にも出来ない。そんなものは直ぐに、芥箱《ごみばこ》へ捨てて失《しま》わなければならない位だ』とか、『五円、十円はいつでも、小遣《こづかい》に持っている、家へも毎月送られるし、初めは千円以上も借りられるんだし、それに仕事と云っても、只お客にお酌でもして騒いで遊んでいればよいのだ。尤《もっと》も借りた金があるから、当分自由にはなれないが、大てい二年位で返せるし、よっぽど運が悪るくても三年位で、出られる。その中に良い客にでも身受けされると、女は『氏なくして玉の輿』と云って、立派な家に女中使って、国からは、お母さんを呼ぶ、兄弟は大学へ通わせるし……』なんて云うんでしょう。それに隣村の人で、矢張《やは》り東京のそんな所へ入って、立派な家へ嫁に行ったなど聞いて居たものだから、ついその気になって……」

弥生さんは、その当時、周旋屋の言葉を信じ、都会生活に憧れて、上京した頃の事を考え出し、次から次へ話し出す。……

「出て来る時なんかね、そりゃあ有頂天になっていたのよ、お金は五十円も持っているし、着物だって、みんな立派なものばかりでしょう、人々からは『仕合せだ、幸福だ』って云われるしね、その自分が今こんな情ない姿になるなんて、夢にも思っちゃあ居なかったもの」

弥生さんは、話をここまでして来ると、急に悲しそうな顔で一寸考えた。

「それでも十日位の間は、矢張り何にも知らないで、方々見物させて貰ったり、御馳走して貰ったりして、チヤホヤしてもてなされるんでしょう。随分良い所へ来て、仕合せだと思ってたわ。それで初見世に出る時だって、皆んなから『お目出度う』などと、云われるしさ、奇麗な、立派な、しかけなんぞ着たもんだから、田舎にいる時分、道化芝居なんかよくやっていたんでしょう、だから、すっかり喜んじゃってね」

自分で自分を嘲笑する様に話し続けていた弥生さんは、敷島に火を付けて、二三服して最後には、深い胸底から出すように、煙を吐き出すと、急に沈み込んで了《しま》った。

妾はその後の話を聞くに堪えられなかった——想像しただけで怖ろしいあの晩の事を、こんな露骨な弥生さんに云われるのは、辛い気がする……。

「ね、弥生さん、もうそんな話は止めましょうよ、もっと愉快な話でも……」

弥生さんは、それでも止めそうに無い。……

「ほんとに考えれば、考える程、妾はあの周旋屋が憎らしくなるわ、そりゃあ甘《うま》い事ばかり云ってさ、それに……」今度は急に声を落して、

「親爺もひどいわ。初めは子供を欺すように、チヤホヤして、良い加減な事ばかり云っていてさ、そして、こんなにいじめるなんて……」

いつか弥生さんの顔には、憤りの色が現れていた。この怒を、持って行き所の無い弥生さんは、幾本も幾本も続け様に巻煙草に火をつけて、火鉢の中には

吸い殻が林立した。

向うの部屋の方から、遣手婆《やりて》さんの、かん高い声が聞えた。弥生さんは一口吸ったばかりの煙草を、惜しげなく火鉢に投げ捨てて立上った。

「また来るわね」

出て行く後姿を見送った妾は、まぶたの熱くなるのを感じた。

処女、金、高い塀、警察、荒男《あらおとこ》、
死！　死‼　死

×月×日
昨夜は珍らしくも、初会の客が、「紙でも買え」と、二円差し出した。

「だってもう、御祝儀もさっき頂いたのですから……」

と云っても、

「あれは、おばさんや他の人達のものになるんだから……これは君に上げるのだから、少ないが――」

と云う。自分は客からそんなものを貰うという事は、恥のように思っている。こんな所に居る女だと思って、馬鹿にしている。だが無理にと云うので貰って、後でおばさんに、御祝儀にして下さいと云ってやった。

×月×日

良い声で、晴れやかに唄う小鳥でも、持って来てくれる人は無いだろうか……。

妾《わたし》は、黙ってそれを待っているのだが――。

×月×日

ガチャン、ピチャン――ピチャン――

誰だろう、こんな朝から？　と思っていたら瀬川さんだった。あの音じゃ随分毀《こわ》したに違いない。何んでもそんなに機嫌を悪るくしたのだろう。どこの楼《みせ》でもそうなんだろうか。

一寸癪《しゃく》に障ると投げる――ほうる――物を選ばず、所かまわず、誰も彼も……。

女が物を投げる！　妾《わたし》は考えさせられる。自由を奪れ、何一つ自分の意のままにならない女、自棄《やけ》と自己否定とに生きている女、彼女等が、思うままになることは、自分のものを毀す事のみだ。彼女等が自由の喜びを味わうのは、毀れる音を聞き、器物が粉末塵に砕ける様を見る時のみだ。

彼女等の物を壊す心理！

「瀬川さん！　一体どうしたのよ」

おばさんが瀬川さんの部屋に入った様だ。

ガチャン……ピチャン……。

中々に、おさまりそうも無い。

悲惨なひびきよ。……

×月×日
馬鹿に遣手《やりて》部屋が騒々しい。

何事が起ったのかと、行って見ると、おばさんがいぶかしそうな顔をして、

「ゆうべの出来事がどうして今朝迄、解らなかったろう。それにしてもどこから逃げたのだろう」と、云っている。

おばさんの周囲《まわり》には、床番や番頭、それに花魁が二三人驚いた、そして不思議相《そう》な顔をして立っている。番頭は、

「こんな事は、早く主人に知らせた方がいいだろう」

「だけどまだ今朝は早いし、お客がいるからもう少したってからが良い」

妾《わたし》は、きっと誰かが逃げたのだとすぐ感付いた。

「どうしたの？　誰か逃げたの？」

と、側に立っている小染さんに聞て見た。

「ええ、ゆうべ花山さんが逃げたのですって」

「あら、ほんと。あの花山さんが……」

妾は言葉が出なかった。花山さんが、よもや、まさかあの人の良い花山さんが……。

箒とはたきを持って部屋へ来たものの、直ぐ掃除する気にはなれなかった。それにしても、ゆうべいつ時分に逃げたのだろう。そしてこの厳重な廓で一人も気が付かないとは、不思議でならなかった。

そう云えば、花山さんは、いつも綺麗に島田に結っているのに、きのうに限って常に結った事も無い、いちょうがえしに結って、頭が痛いとか云って引込みしていたっけが。そうして見ると、もうちゃんと逃げる覚悟で、髪もあんなに結ったり、引込していたのだろう。

そこへ清川さんが驚いて、真青《まっさお》になった顔して入って来た。

「春駒さん、花山さんの事聞いて？」

「ええ、今遣手部屋で……それがゆうべですってね」

「妾この間から、変だ変だと思ってたのよ」

花山さんは、清川さんと二人で一緒の部屋だったので常に仲が良かった。清川さんはだから花山さんの事は、大てい知っているらしかった。清川さんはま

た、

「変だとは思っていたけれど、まさかこんな事になるなんて、思いはしなかったからね」

「一体ゆうべ何時頃の事なの？」

「十一時から十二時の間なんですって」

「どこから」

「裏木戸から……それに一人で逃げたのではないらしいのよ」

「まあ、一人では無いの」

清川さんは、一人で何か頻《しき》りに考えている様だった。妾もどうして、あんな良い人が、こんな事をしたのだろうと不思議だった。

花山さんは、ほかの花魁達の受《うけ》もよくて、その上に、温和《おとな》しい優しい人で、常にも他の人達から賞《ほ》められる位だった。顔は余り良い方では無かったけれども、姿は非常に美しい人だった。それに家中で三番と席順が下った事の無い売れる人であった。花山さんには、かなり深い馴染で、他の花魁達からも、常に花山さんの良い人と云われていた吉田とか云う遊人で、本業は料理屋をしているとか聞いて居たが、何でも馬道あたりで今でもその人の御内儀《おかみ》さんが店を出しているとか。

その人は毎晩の様に花山さんの所に通っていた。そして他の花魁達にもお世辞が良かった。妾の部屋がすぐ前なので、そのお客と、花山さんとの話が手に取る様に聞えていた。優しい、親切な人だと思っていた。花山さんは、その人の為に、自分の着物一枚残らず質に入れて仕舞った話も聞いていた。身の廻りの借金を断っても、そのお客だけにはどうにか都合していたらしい。花山さんが吉原病院へ入院していた時は、その客が少しも小使《こづかい》に不自由させない様に送っていたそうだ。けれども、花山さんが退院してから、丈夫で働き出す頃から、花山さんにばかり玉代《ぎょくだい》を払わせていた。

「花山さんだって困り切っているのに、而《しか》もそれを知り切っていて、あの人は毎晩の様に花山さんに玉代を出させて全く可哀相じゃないの」と云っている人もあった位だ。

花山さんの逃亡が一人で無いとすると、そんな所に原因があるのかも知れないと思った。

他の花魁達も皆、ゆうべの出来事を知ったらしく花山さんの部屋に集って話を始めていた。妾と清川さんがそこへ這入って行くと、おばさんが清川さんに向って、

「あんたは同じ部屋だから何か花山さんに就《つ》いて、心当りに無いかい」と聞い

た。

「ええ、何となく変だと思っていたけれど、常が常ですから、気にも止めず居たんです」

「それで何だって云うじゃないか、昨日の朝、花山さんのお母さんが来たと云うじゃないの」

「何だか着物を縫い替えるとか云って、箪笥《たんす》から風呂敷包を出して、渡していた様です」

「じゃ、お母さんとも話し合の上じゃ無いかしら？」

「それに昨日の髪結《かみゆい》日に、妾にこうがいをくれたり、花がけをくれたり『部屋の道具も皆、清川さんに上げますから使って頂戴！』と云ったので妾、変だと思ったので『花山さんだって、これから使うのに、どうしてそんな事を云うの？』と云ったら花山さんは『ああそうだっけ』と云って笑っていました。二三日前も『妾清川さんと近い内にお別れするかも知れないわ』と云って、泣いていたのよ。妾は『どうして、どこかへ住《す》み替《かえ》でもするの』と云ったら、『どこへも行きはしないけれど、そんな気がして仕方が無いの』と云って淋しそうな顔していたのよ。それにおばさん、妾困っちゃったのよ。一週間ばかし前に、矢張《やは》り吉田さんが来た時に『清川さん妾お金に困っているんだけれど、今度の玉割《ぎょくわり》のときに返すから、あなたの羽織と帯とを貸してくれない』と云うので、妾、他の人で無いからと思って、貸したの、困っちゃったわ」

「まあ、清川さんの物まで借りっぱなしで行って仕舞ったの。随分ひどい人ね」とおばさんは、あきれ顔。

他の花魁達も皆、思い思いの事を云っていた。

「ゆうべ十時頃だったわ。化粧部屋で顔をなおしていると、花山さんが入って来て、鏡に向って髪をとかし始めたので『花山さん、お客様？』と聞いたらね、『いいえ、一寸髪をとかしに来たの』と、云ってたから、妾も別に気に止めずに二階へ上って了《しま》ったのよ」

「妾もね、十一時頃、かん部屋に行ったのよ。床が敷いてあるけれど引込している花山さんが見えない事も気にしずにいたのよ。それが常に休む人でないからさ。そう云えばその時もう逃げて仕舞っていたのかも知れないわね」

「だけど、あの人はどうしても一人でそんな事をする人じゃないわ」

「そうね、矢張り吉田さんが連れ出したに相違ないわ」

「それに、その前の晩も、吉田さんが来て花山さんと泣いていたのを妾見たわ。いつも元気で愉快な吉田さんが馬鹿に沈んでいたわ」

こうした話が花魁達の間に交わされていた。

おばさんは、直ぐ警察へ捜索願を出しに行ったと云った。御内所《ごないしょ》では大騒ぎ、まるで火事でも起きたか、強盗でも入ったかの様。

一銭でも惜しむ主人の事だから、気狂の様に騒いだり、おばさんや番頭なんぞを、ひどく叱っていた。占い師は帳場に座って、なんだかしら一生懸命占っている……それを見つめている主人の顔！

夜になって、また花山さんの話題で持ち切り。

「花山さんと、吉田さんは今、どこへ行っているだろうね、心中でも？」

「そうねえ……」

「どこへ行ったって逃げ通せるものではないよ。大金を踏み倒してさ」

「花山さんは、そんなに方々に借金があったの？」

「ええ、吉田さんの為に、随分借金した様だわ」

「じゃ、その借金に行きつまって、恋し合った二人は、どうする事も出来なくなって、二人で逃げたのかしら？」

「そうかも知れないわ。ひょっとすると、死んでいるかも……ね」

妾は黙って一人一人の話を聞いていた。

考えても考え切れない或る大きなものを、花山さんは、妾の胸に投げ付けて置いて、姿を消して了ったのだ。

花山さん！　無事で、幸福であって下さい。

たまらなく心の緊張した夜だ。

妾は、心から花山さんの為に祈っていたい。

哀れな朋輩の幸福を。

×月　×日
今日はどんよりとした日だ。

自然の恵みは、この醜い廓にも訪れて、中庭の木々の緑が、日々に濃くなって行く。

南から吹いて来る、気持の良い風に、身を委ねていると、何だか自分は蘇って行く様な気がする。太陽の光も、けがれた部屋を、浄めてくれる様だ。

高崎市――郊外――鳥川――観音山。

朝な、夕なに慈しみ育んでくれた故郷の自然が、はっきりと目の前に浮んで来る。

そして、こんな所へ入る事を夢にも思わないで、平和に友と書物と兄妹《きょうだい》と……お母さん……と、その山に、川に、野に、楽しく暮していた恋しい過去の自分の姿が、妾《わたし》の胸を切りさいなむのだ。

花山さん、捕《とら》われて連れ返えされたり、死んだりなんかしないで、強く生き通して下さい。それは妾の……いや妾達の為に。

×月×日

今夜宵の内に初会の客三人。

出た花魁は、小浜さんに、小染さんに、妾《わたし》、二時間。それぞれ客を寝かして妾の部屋に集って来た。

「春駒さん、ほんとに厭《いや》になって仕舞うわ。たかが二時間で、それに宵からさ。あの人に申し訳が無いわ。今夜来ると云ってたのに、察しておくれよ」

小浜さんは、今夜良い人が来ると云って、喜んでいた所へ、この突然の侵入者に先を取られたものだから、ぷんぷん怒っている。

「あんな者、構うものか。早く一ちょう蹴って、直ぐに帰して了《しま》う方が良いわ」

小染さんも、いまいましそうな顔付でそう云う……。

「ところが仲々そうは行かないからね。初会の客は、金を出さないで、うんと遊んで行くんだから。ことにあの人相じゃ、一寸帰りそうが無いわ」

小浜さんは火鉢の灰を、むやみにかきまぜていた。

×月×日

「ね、春駒さん、今晩の妾《わたし》のお客が云ってたわよ。花山さんがねほら、吉田さんと二人で板橋辺《あたり》に、佗び住いしているらしいって」

「まあ、そう」

「何んでも花山さんは、丸まげに結って、だが、だらしの無い風で、大分困っているらしかったって」

妾は、何とはなしにこの知らせがうれしかった。弥生さんは尚もつづけて話してくれる。

「妾思ったわ、どんなに困っても、それ程好きな人と一緒に暮す事が出来たら、どんなにか幸福だか知れないわ」

弥生さんも、恋人と共に愛のホームを築き上げる楽しさを想像している……。

「じゃ、この間誰か云った花山さんが吉田さんに、お茶屋へ売られたと云う事は、嘘かしら」

黙って聞いていた小染さんがそう云った。

「そりゃあ嘘だわ。あんなに好きな花山さんを、いくら何だって吉田さんがお茶屋なぞへ売り飛ばす訳が無いじゃないの」

弥生さんは、自分の事の様に、いきり立っている。するとそこへおばさんが入って来た。

「何？　吉田さんが花山さんと世帯《しょたい》を持ったって？　そんな馬鹿な事が……。大金を踏み倒して、良い事があるものか。あの人なんかもう、一生明るみに出られはしないよ。それに今頃は、警察の手にかかって、ひどい目に遭わされているよ」

みんなの顔には、一時に怖しさの色が浮んで来た。誰も彼も、何か苦しい事でもあるとか、行末を考え出すと、必ず「逃げ出そう」と口ぐせの様に云っているから。

庭の木の葉の五月雨の音が淋しく聞えていた。

×月×日

今日は日曜なので、朝早くから大勢軍人ばかり上って忙がしい。遣手《やりて》部屋では二三人の花魁が、ぶつぶつ云っている。

「ほんとに考えると、厭《いや》になって終《しま》うわね、二円か三円で朝から四時か五時頃迄居る人だもの、いくら兵隊だってさ」

「そうよ、いつまでも、いつまでも、だから日曜はいやさ！　そんなに、傍に居なくてもいいわよ、もう一度行ったんだもの、帰る時間が来れば帰るでしょう。かまわないから妾《わたし》の部屋へ行って遊びましょうよ」と云いながら行って終った。

皆が、あんなに文句を云うのもあたり前とも思われる。兵隊さんだけは、どうして、こんなに永く遊ばせるのだろうか。軍人だけは、安く時間もかまわず遊ばせる事が許されている事は聞いている。考えると、これも良い思い付に異《ちが》いない。一週間に一度のお休みなんですもの、それだからでしょう。軍人はほんとに妾達の身にひきかえて、可哀想だと思う。

隊に帰ったって、いつも窮窟な思いをして居るだろうし、それに寝る時だって……何から何まで自由にならないんだから。それだもの日曜位ゆっくり遊んで行ったって、文句なんか云えない様だ。

然《しか》し、よく考えると、軍人だからと云って、楼主は妾達を苦しめなくても良い、軍人は窮窟だろうけれど娼妓だって窮窟では負けない。今軍人はああして遊びに来て居る。妾達に「遊び」の境遇があるかしら。楼主が若《も》し軍人を特別に優遇したいなら、当り前の玉代《ぎょくだい》を自分で出してもよいと思う。然し娼妓は夜の稼業で、昼間寝なければ、夜働けない、働けないばかりでなく、自分の身体がたまらない。妾達は身も心も疲れ切っている。それを忍んでまで、軍人さんだからって、優遇する必要はないと思う。楼主が玉代をそれだけ払ってくれてもよいと思われる。

昨夜あんなに忙《せ》わしく、妾はまんじりともしなかった。それに今日は、朝からこんな状態。昨日の夕方から今迄丁度二十三四時間眠らない訳《わ》け。身体が綿の様。今から軍人さんを、帰えしたらお室《へや》の掃除、またお化粧、鏡がぼうとして、自分の顔がお岩の亡霊の様に見えたりして、ぞっと悪感がする。それからお店に出ねばならない。意地も張りも出る訳がない。明日のお昼頃でなくては自分の床に入って寝《やす》めない。都合四十時間位は、働き続けなければならない。

近頃、新聞に、八時間労働問題などと、騒いで居る。

だけど、今日の、いや、毎日曜の妾達の生活は、どうして社会の問題にならないのかしら……。

妾は、もう、日記を書くのも嫌《い》やになった。当分止そうかしら。ペンをほうり出して、床にもぐる。

……………………………………

昨夜の続きを書いて見たい気持がする。矢張《やはり》書こう、書く事は妾を清める。ここでは話をする事は妾を不純にする、気を付けなければいけない。妾は清い心で居たい。何かしら書きつけることによって、妾は処女になれる。清い妾！

「まあ妾は処女なのよ！」独《ひと》りで微笑んでしまった。

それはそうと、昨日はすっかり、身体を、こわして終った。御飯が頂けない。二昼夜近くも寝られなかったから。二三円で、妾の唯一の楽しい睡眠時間を奪わせるなんて、余りな事だ。世間では、娼妓にも、公休日が、月一回あるなぞと思って居るであろうが、そんなものは、いらないから、せめて、昼遊び丈《だけ》は禁止させて貰いたい。

「昼遊びは通だ」こんな事を云う男が随分あるらしいけれど、実は妾達の睡眠時間を奪う餓鬼なのだ。思わずまた一人で怒り出して見た。こんな事、今度村田さんに話して見ようかしら。

×月×日

誰よりも先に仕度がすんだので、しかけを着て部屋の窓に腰をかけ、ゆるやかな空気の中に何を考えるともなく考えていると、中庭伝いにもれて来る音楽の音《ね》、何をひいているのかしら……セレナーデだわ、あ、やっぱりお隣の息子だわ、妾《わたし》はこうつぶやきながらいつとはなしにマンドリンに合わせて口ずさんでいた。そう云えば、あの息子はもう何歳《いくつ》位になるだろう。いつかしら、小僧さんに聞いて見たら、二十八とか云っていたっけ、兄弟二人きりでお菓子屋をしている。弟さんはまだ中学だけれど、あの人はまだお嫁さんを迎えないのかしら。色が白くて、鼻の高い、そして、口の小さい、いい男なのに……それにあの人は何とも云えないチャーミングの眼を持っている。それだに背がひくい為お嫁さんに来手がないと、いつか一寸聞いた事がある。そうかしら、そうだとすれば本当に可哀そうだわ。なる程そう云われると、二十八じゃ背がひく過ぎる。一寸見ると、兄だか弟だかわからない。弟の方が高いくらいだ。

妾はいつとはなしにこんな事を考えていた。それでもまだマンドリンの音はやまない。あの人の好きなのは皆、淋しいものらしい。いつも淋しいものをひいているから……それにしてもあの人は随分淋しいだろう。その為にいつも音楽で自分の心を慰めているのかも知れない。何となく自分も一緒に泣きたいような感じがする。

彼は生れながら寂しさを持っている。妾は人のためにこうした寂しさにうずまっている。これが人生だろう。淋しい人生というのであろう。妾はいつまでも、いつまでも、窓から離れたくないような気持になっていた。

暫《しばら》くこなかった木下さんが見えた。友達一人連れて。弥生さんを出して上げる。四人で十二時頃迄飲んで騒いだ。木下さんが皆、お金を出した様子、随分遣わせたと思う。

引け前に亦《また》池田さんが来る。会社の上役の奥様とかに虐《いじ》められたと云って憤慨していた。

×月×日

花魁には随分、悪い人もいるものだ。お客を欺《だま》したり、お客の取りっこをしたりする事は、稼業上、少しは許されるとしても、仲間のものを裏切るのは何よりも悪い事だと思う。

今日もその事で万竜さんが皆から大変怒られていた。あの人はよくそうした事をするので、花魁中の評判が悪い。

あの人は前に皆と一緒になって、主人の悪口を盛《さかん》に云っておいて、蔭になって、皆が主人の悪口を云っていた事を告げ口する。犬とは、ほんとうにあの人の事を云うのであろう。

犬と云えば、犬に似ているもので、こうもり見たいのもいる。女って大抵そうしたものだろうが、ここの人達にはそれが多い。ことに羽衣さんなんかは、大将の方だろう。

あの人は、中の悪い朋輩の間に入って、あっちへ行っては、こっちの悪い事を云い、こっちへ来ては、いい事を云って、両方から歓心を買う。そしては、お連《つれ》初会を一人でも多く貰おうとする。

ここには猿もいる。他の花魁よりも、なるたけよい客を附けて貰おうと、番頭に賄賂《わいろ》使っているものがある。前に居た番頭の金どんが、その時のお職《しょく》を張っていた夕立さんによいお客ばかり附けているので、皆からとても恨まれていた。そして臭い、臭いと云われていた。

現に清川さんは、いつもそうした事をするので一番評判が悪いようだ。お客が引付《ひきつけ》へ入ったばかりの時、清川さんは、その客に、秋波を送って廊下を通った。すると、客はおばさんに、今、ここを通った花魁を出せと云う。席順はまだなのに、客の名指しだから、出る事になったと皆から散々虐められた事がある。

またいつかも、客が上ったが、

「ここは二度目だが、前の時は、酒を飲んでいて、相手の名も顔もよく覚えていない」

というものだから、花魁にいちいち、その客を見せた所、清川さんが、

「どうしても見覚えがあるわ、きっと妾《わたし》の人でしょう」というので、そう決めた所、部屋へ入って、

「君は板橋だっけね」と問われたが、異《ちが》うものだから、曖昧の返事をしていた。

その内、客も、前の記憶を呼び起して来て、遂にばれてしまった。

そんなこんなから、あの人は危険人物だと見られるようになっている。

「あんな奴は、一座した時、客の前で、うんと素破抜いて、恥をかしてやった方がいいんだよ」などと云われている。

しかし、妾には、あの人はここへ入って最初の印象の人である。随分、初めは色々世話になった。そして、今でも親切にしていてくれる。あんなよい人が、どうしてそんな事をするのだろう。それもこれも、皆、自分の境遇からだろう。

友達の清川さんと、店に出た時の清川さんとは全然異う気がする。

山本さんの所から手紙が来た。甘ったるい事が書いてある。男が女に対する手段を遺憾なく露している。

×月×日

夜おそく、千代竜さんが、客の所へ電話をかけて、

「いらっしゃいよ、いらっしゃいよ」と云っていた。松田とか云う人で、この前悪戯《いたずら》したので、大変怒って、あんな奴、こっちから拒《ことわ》ってやるって云っていたのに、変な事だと思って、聞くのもおかしいが、一寸聞いて見た。

「なあに、玉《ぎょく》儲けに呼ぼうと思って……」と云って笑っていた。

さも惚れている様子をして、甘い事を云って、蔭では「玉儲け」なのだから堪らない。

男の方では、この前来た時には、俺の所へなんか一寸しか来ない、こいつ、他に男でもあるのだろう。もう来ないなどという様子が見えるが、後で電話でも、

「この前は、本当に済まなかったわ、あのとき、生憎《あいにく》、酔払いが来ていて一寸も手ばなせなかったんで、本当に妾《わたし》、いらいらしていたのよ、今夜はきっと暇だから来て頂戴よ、今夜もまたお茶引きよ、ね、ほんとうよ」など云われると、案の定、来ている。つねられたり、抱かれたりすると、借金した苦しみの顔もどこへやら、ニヤニヤしている。

「玉儲け」だと知らせたら……。

今夜は十五日で忙がしい。客十一人。

×月×日
今日から稼高《かせぎだか》の多いものに賞与を与えると云う。張店《はりみせ》には掲示がしてある。
三百円以上、　　一円。
四百円以上、　　二円。

五百円以上、　　　　　三円。
六百円以上、　　　　　四円。
七百円以上、　　　　　五円。
八百円以上、　　　　　六円。
九百円以上、　　　　　七円。
千円以上、　　　　　　八円。

「随分皮肉だね、こんなに働けやしまいし、何故一万円も二万円も書かないんだろう」と貼紙を見ていた小万さんは皮肉っていた。

あの親爺、こんな事を書いてお互に競争心を起させようと思っている。こんな小供欺《だま》しのような事をして、花魁を馬鹿にしている。

花魁に一生懸命働かせようと、叱ったり、どなったり、いやな顔をしたり、またおばさんに色々云いつけておいて、花魁をいじめる。そしてもまだあきたらないでこんな賞与の事なんか決めて、競争心を起させている。

それも他の楼《みせ》では、三百円以上のものに、四円も五円もくれると云うのに、楼《うち》ではたった一円なんて。

「一生懸命働いて賞与でも貰おうかな」なんて云っているものもある。女って、どうしてこう目覚めないのだろう。そしてよく物を聞かせると、

「こんな所にいて、理窟云ったたって駄目よ」なんかと云うのだから、呆れる。

×　　×　　×

夕立さんの吉岡さんがお連れ四人で来る。出して貰った。また博奕《ばくち》をやっている。怖いから、こんな客の所へ出たくない。

××さん、北海道へいらっしゃるって、お別れに来て下さった。悲しい気がする。でもあの人の幸福の為と思って喜んで送って上げよう。北海タイムスとか云う新聞社へお入りになるとか。あの人も涙ぐんでお別れを告げて下さった。

×月×日

小染さんの順になった時、店の番頭の所へ客がよって、写真を見ていた。

「今度は妾《わたし》の番ね。どれ、どんな奴かしら」と云うと思うと障子の隙間から覗いて見ていたっけが、鏡の側へ行って、鏡に唾を三度かけて、表を出しておいた。

「どうするの?」と聞いたら、

「黙って、黙って」と手で制している。珍らしいから、よく見ていたら、小染さんは、また店の方を覗いていたが、今度は鏡を元通り伏せてしまった。

何の為か聞いて見たら、嫌な男なら、上らないように、おまじないをするのだと云った。それから小染さんは、相変らずの優しさで、色々ここのおまじないの事や、縁起がつく事などを教えてくれた。

夜、稼業中、針は絶対に持ってはいけないとか、嘘を云って人をかつぐと、その夜は客が上らないとか、名前を呼び間違えると、宵の内から縁起が悪いとか。

側に小染さんの話を、ポツネンと聞いていたが、少将さんが、大きな欠伸《あくび》をしたと思うと、

「ねえ、考えるとお可笑《かし》くなるじゃないの、妾達は一体、こうして何を待っているんだろう。店では番頭が、

と云ったものだから皆が一度に笑い出してしまった。

男と女とそうした事をするのは恥かしいことである。そんな醜い事を隠す所が人間なのに、ここでは、立派に、看板かけて、お上でも許してあるんだから、変なものだ。

それにしても、妾もこの頃は随分大胆になったようだ。男の前に出ても、少

しも恥ずかしくならないようになったもの。むしろこの獣の男を馬鹿にしてやれと云うような、衝動さえもチョイチョイ起って来ているではないか。

「一体妾はどうなるんでしょう？」

「なるようにしかならない」

「けれど、今の生活だけでも、少しでも、何とかしたい」

「それも出来ない」

「なに、出来ない事があるものか」

「出来ない。絶対に！　そんな卑屈は止めろ」

「じゃ、どうするのです？」

「お前は馬鹿だね、この前から、幾度も教えたのに」

妾は、神と、こんな問答をして見た。

×月×日

四人お客を送り出した今朝は、かなりに疲れを覚えた。村田さんは、何となく、妾《わたし》の心に淋しさを残して帰って行く様だ。それだけ妾が慕わしく思っているのかも知れない。でも……もっと強くならねば。

むし暑い日、音も無く降る五月雨を、硝子戸《ガラスど》越に見つめていると、たまらなく故郷が慕わしく思われて、つい泣きたい様な弱い気持に襲われた。髪を結っていると、妹から手紙が来た。

「とし子は毎日のように姉さんのお便りを待っています。だのにもう半月もお便り下さいませんのね、どうなすったかと、妾は心配で心配でなりません。お病気にでもなっていらっしゃるのじゃないかと、この頃は毎日お母さんと話してばかりいます。

どうぞお便り聞かして下さいませ、妾もお母さんも達者で暮しています。どうぞ御安心下さい。お盆が近づきました。今年のお盆は姉さんがいなくて、今からつまらないわ。

ではおからだを大切に早く出世して帰って来て下さい」

懐かしさに躍る妹の手紙も、もう苦しみの種のよう。胸にしっかりと手紙を抱いて泣いた。

姉さん早く出世して……床に入っても止めどなく涙が込み上げて来る。こんな姉でも、慕わしさに鉛筆を走らせている。小窓の側の古松によった妹のあどけない姿が、はっきり浮んで来る。お母さんが一人で妾の身空を思っていられる淋しい姿が浮んで来る。

昨夜の疲れを休め様と思っても、どうしても寝つかれなくて昼が過ぎた。

今夜も亦《また》、松原さんが見えた。

×月×日

ああ、厭《いや》だ、また、玉割《ぎょくわり》の晩になってしまった。ついこの間玉割だと思ったら……十日間なんか、訳もなく過ぎてしまう。

張店《はりみせ》に集った娼妓達は、玉割で騒いでいる。

「妾《わたし》、この十日いくらも働かないから、少ししか貰えやしないわ。これではどこも借金返しは出来やしないわ。それに月賦もあるし、本当に厭になってしまうよ」

「妾、いくら取ったって足りやしないわ。方々に借金がある上に、月賦も払わなけりゃならないしさ、それに紙屋さんばかりはどうしても、今度は入れなけりゃならないし、どうしよう」

誰もかも困ったらしい顔をしている。

「誰だって足りないのは当り前だよ。あの親爺だってそうじゃないか。誰だって月賦で借りているけれど、この不景気に十日目、十日目に三円、四円宛《ずつ》取るなんて、酷《ひど》過ぎるよ。せめて、月に一度としてくれればいいんだけどもね。だからいくら働いたって足りやしないんだよ。本当に親爺の顔見るのも、癪《しゃく》に障るよ。それにあの親爺ときちゃ、働く者には帳貸《ちょうかし》に、幾程《いくら》でも貸してさ、働かない者には月賦で払わせるように、それも満足にこっちで云う通りに貸しもしないでさ」と一人はプンプン怒っている。

その内、お婆さんが玉割を取りにいらっしゃいと呼ぶ。皆それぞれ貰いに行く。自分は十二円貰ったが湯銭を二十銭、月賦に四円、差引かれて、残ったのを、仲どんに二円、おばさんに一円、書記に三円払ったら、後どこへも払えない。皆んなこの次まで待って貰おう。

張店には、紙屋、小間物屋、呉服屋、下駄屋、名刺屋、名かけ屋、陶器屋、洋品屋、洋食屋、そばや、弁当屋、菓子屋、薬屋、花屋、茶屋、洗濯屋、床屋、などが押しかけている。その人達の顔を見るのも嫌《い》やな気がする。恐ろしいようだ。

「月賦を取られて一文も残らないから、言い訳をして下さい」とおばさんに頼んでいるものもある。

「今日は借金返しが出来ないから」と云って借金取が帰ってしまうまで、蒲団部屋に隠れて出て来ないものもある。

「あの畜生のおかげで七円取られちゃった」と地団太踏んでいるものもある。

この前客が、何か店の物を毀《こわ》したので、それに出た花魁が弁償させられたそうな。見ていて気の毒になった。

あっちでもこっちでも云い訳をしている。自分ばかり借金に困るのではない。誰もかも皆借金に苦しんでいる。

誰もが月に諸掛はどうしても四十円を下らない。そして玉割は十日目に普通十円内外だから、月三十円位にしかならないもの、どうして足りよう。そしてその掛の外《ほか》になんだかだの小遣《こづかい》などに追われて仲々払えない。だんだんと嵩んで行く。だから、盆暮に帳場で借りて少し宛でも払って置く。そのときのみ一寸息を付けるだけで、後また、いくら働いても働いても、借金に追われ通している。本当に考えると厭になってしまう。こんなに苦しむ位なら、一層の事借りなければよかったと思う。けども借りなければどうしてもやって行けない。そうして玉割の時のみ、ああ、借りなければよかったと思う。この十日は少し遣いすぎた、気をつけようなどと、そんな事を考える。後の玉割迄どうして小遣なしで過して行ったらいいだろう。玉割貰っても皆、借金にしてしまう。手元には一厘もなくなる。小遣がないから、後の十日はやっぱり、書記さんや仲どんに借りてしまう。どうしてどうして足りるものか。玉割が済むと直ぐまた、嫌でも借りる。

自分は二十銭しか残らない。ほんとうにこんな惨《みじめ》な事はない。こんな思いするのも、今夜だけならいいけれど、玉割の度に頭を悩ませられるのだからやりきれない。玉割の度に命が縮まるような感じがする。おかしいにはおかしいが、つくづく厭になってしまう。自分が今迄家にいて、親のすねを嚙って、借金の心配しないで、よく母に、

「お米の値段も知らない癖に……」などと云われている時分の事を考えると悲しくなって来る。だけどよく人が云うように、

「借金の出来る程信用があるから」などと云う事を思い出すと、少しは気も強くなりそうだ。だが、またがっかりして来る。こんな稼業していて、信用があったってチットも有難い事はない。だが、こんなに苦しむなら、一人でも多く客を取った方がよいかとも思う。朋輩達も相当に方々に借金があるようだ。けれども玉割のときだけで、後は余り心配しないらしい。まさか平気ではないだろうけれど……。妾のように、こんなに心配しているものも少ないと思う。すぐ明日の髪結銭《かみゆいせん》にも困る。こんなに心配しているのに、親爺は平気で、帳場に座って相変ず玉帳を調べている。その様が堪らなく憎らしくなる。

今月のかかり

六円　　客用菓子

四円七十銭　　髪結賃

二円五十銭　もとゆい、油、花がけ
三円　白粉《おしろい》、化粧品
六十銭　石鹸（客用）
六十銭　楊子《ようじ》、歯磨粉（客用）
三円　湯銭《ゆせん》（楼《みせ》の風呂代）
三円　花代
六円　茶代
三円　紙代
十五円　洗濯代
一円五十銭　弁当、おかず、其他間食代（自分用）
二円　電話料
五円　手紙料
四十銭　医者掛代
一円三十銭　洗い用薬
十二円　顔そり
七十銭　月賦
　　　足袋

呉服屋はまだ、つけを持って来ない。

十一時に山村さんが来て下さった。今夜は珍らしくも、お金がないからといって、廻し部屋に入った。本部屋へ入れて上げたかったが、おばさんに頼むのがきまりが悪くて止めた。ひどい女だと思っていなさった事と思う。

十二時に酔いどれ初会が、二円で遊ばせろと騒ぐ。なだめて見たらお金を沢山持っていた。

×月×日

宵から、客がついた。誰かしらと思って上がって見ると、二度目の客、名前も知らない、また何の職業だかも知らない。また一時間かよくて四時間位の遊びだろうと思っていると、客は、

「今晩は部屋へ入って見よう」といったので、宵から部屋へ入るなんて、しかも二度目で、今夜は少し、縁起がよさそうだと思った。やがて、蟇口《がまぐち》を開けたから、幾程出すかと思ったら、六円きりしか出さない。妾《わたし》は何んだ馬鹿にしていると思ったので、

「六円きりでは部屋へ入《い》れないわ」前の笑顔はどこへやら、却って腹立たしくなって、自分でも随分現金なものだと思う位だった。

「初会とは異《ちが》うのだから、あと五円出しなさいよ」と少し苦々しく云った。それでも出しそうもないので、

「部屋は部屋だが、六円きりでは、廻し部屋よ。十円なければ本部屋へは入れないのよ。甲の四時間のなら本部屋へ入れるけれど……あと五円出して宿《とま》っていらっしゃいよ」というと渋々しながら、

「じゃ仕方がない、そうしようか」

妾は世話を焼かせる客だと思いながら玉代《ぎょくだい》をおさめて、部屋へ案内した。妾は部屋へ入ってから、きまりが悪くなった、余り客がおとなしいので。

「この前は三円で宿って行ったじゃないか。それに今夜は十一円も取るなんて、随分とるなあ……」

こうした所へ初めてらしい口のきき振りと動作に、妾はさっき突慳貪《つっけんどん》に言った事や、無理にも本部屋へ入れた事を残念に思った。

「ええ、初会の方は、三円でも四円でも宿めるでしょうが、二度目になると、馴染といってそうはならないのです。二度目からは、ここの規定通りに頂く事になっています」というと、

「だって、そんな馬鹿な事が……どんな商売だって始めは高くともだんだん安くして行くじゃないか。一つ買うよりも十の方が幾分でも安くなるじゃない

か」

「そりゃ、そうでしょうが、ここは、そう云うことになっているのです」

彼は漸《ようや》く分ったような顔付で、

「それじゃ、同じ楼《うち》に二度と来るのは損だね。来る毎に別の所で遊んだ方がよいようだ。でも変な事だなあ……」といっていた。

どうして、こんな風になっているのかしら、馴染になれば、なる程金が要るから、余っ程じゃないと長続きがしない。SさんもHさんも皆んな、来なくなった。

客によっては、一所に落付かず、方々遊び歩くものがある。その人達はよく「変ったのがよいからだ」などと言うが、こうした金の都合にもよるのではないかしら。

しかし、気分とか情調とかを味わおうとするものは、一所に落付いているらしい。

客はやはり、色々考えているらしかった。本部屋へ入って十一円取られて損をしたなんて顔付も見えるようだ。

こんな男からは、妾達はほんとうに機械と見られているのだろう。

×月×日

今日は、丁度髪結《かみゆい》日なので、外の風呂へ行って、髪を洗って来た。

店の方で、お客の声がかかったらしい。

ああ今日は日曜だった。また兵隊だろうと思って居るうちに、おばさんが、「春駒さんの人よ」と云ったので、髪を下げたまま行って見ると、まあ困ってしまった。

「一寸待って下さい」と云って、すぐ飛び出してしまった。

同じ隊の人、二人へ妾《わたし》が、一人で出て居たからであった。

どうしようかしら！

困った事が出来たと思って、早速おばさんに相談した。するとおばさんは、「一度でも多く出た方へ出なさい」と云われた。まあ！　何んと云う気不味《まずい》ことになったのだろう。幾何《いくら》多く出た方へ出ろと云っても、片方の人に、本当に、済《すま》ない様な気がする。仕方なく片方の人には、他の花魁を出して、妾は黙って多く出た方の側に座った。

二人の兵隊は変な顔をお互に反背《そむ》けて居たが、一人が、

「僕は帰るから君遊んで来給え」と云ってしばらくごたごたして居たが、遂には、二人共帰ってしまった。

×月×日

初会の客が上った。したたかお酒をあおったのか、ぐでぐでに酔って舌も廻らないよう。年は三十四五、洋服の紳士であった。

「酒をさませばいいのだから、一時間か、二時間休ませて貰いさえすれば、いいのだから」

というので、三円で九番の廻し部屋に入れて寝かせた。すると客はまた、

「君、僕は酒に酔っているから、少し休ませて貰いさえすればよいのだ、僕の側にいなくてもいいよ。僕は女に、どうのこうのしようと思って、来たんじゃないんだから、少し休ませてくれ」

と云うので、随分分っている客だ、こんな事を云う人は珍らしいと思って、嬉しくなった。

「そうですか、じゃ、妾《わたし》一寸用たして来ますから、休んでいて下さいましね」

なんと世話のない客だろう。一緒に寝て、酒くさい息をかけられるは嫌だなと思っていた所なので、いい事 幸《さいわい》に、脱いだ洋服を片付けると、匆々《そうそう》逃げ出すように、出てしまった。どうせあんなに、舌のまわらない程酔っているのだから、それに、ああ云うからには、行っても、行かなくても、どうでもよい、

酔がさめたら、帰るだろう位に思って、他の客の所へ行ったり、千代駒さんと遊んだりしていた。所がやく一時間たつか、たたない内に、「春駒さん、春駒さん！」とけたたましい、おばさんの呼び声がする。驚いて何事が起ったかしらと、急いで行って見ると、まあ、お婆さんの怒り顔たらない。

「あんたは、お客さんを寝かしっぱなしで、今迄何をしているんです。もう、一時間にもなっているのに、一度も行かないんだって云うんじゃありませんか。九番のお客さんは、なかなか女が来ないと云って怒って仕度していますよ。早く行って謝って気嫌取って御覧なさい」と云われたので、そんな訳はないんだけれどもと思いながら、廊下を走って部屋へ行って見ると、おばさんの云う通り客は、プンプン怒りながら、仕度をしている。

「どうなすったんですか。妾、来ようと思っていたんですのに……遅くなってすみません。そんなに怒らないで休んで下さらない、ねえ」というと、

「煩《うる》さい、余り馬鹿にするな、三円位の客だと思って……馬鹿にするにも程がある」と怒って仕度を続けている。始めの優しさはどこへやら……何んという人だろう。自分でさっき言った事を、例え酔ってはいても忘れやしないだろうと思うと口惜《くやし》くなったので、おばさんが傍で客に詫びているのもかまわずに、

「そんなに怒るものじゃありませんよ、あなたは先、何と仰しゃいました。『酒によっているから休ませてくれればいいって、そばにいなくもいいから』と仰しゃったじゃありませんか。いくら正気でないったって、御自分で云った事位、覚えていらっしゃるでしょう。妾が来ないと云った訳じゃないじゃありませんか」と云うと、客は仕度をしてしまって、

「えイ、そんな事どうでもいい、僕は帰ると云い出したからには帰る。何でもいいから先刻《さっき》払った丈《だけ》の玉代《ぎょくだい》をかえしてくれ、こんな家ばかりが女郎屋じゃない」と云うので、妾は三円位の客帰ってもかまわないと思った。それに、おばさんが客に、「もう玉は帳場へおさめてしまったのですから、また帳場へ行って玉を持って来るなぞと云う事は出来ませんから、今晩だけ是非、我慢して下さい、妾が困りますから」なぞと云っている。けれど客はそれでも聞きそうもないので、妾はお金さえ返してやればいいのだからと思って、客に、

「へい、三円御かえしいたします」と云って送りもしないで帰してしまった。

客が帰るとおばさんは妾に向って、

「あなたは、客が花魁が来ないからと云って帰るって云えば、じゃ金さえ返えせばそれで済むだろうと考えるでしょうけれど、それでは稼業の道が通りませんよ。花魁が客に玉をふまれると云う事は、一番恥ではありませんか、客が怒

ったからと云って、いちいち玉を返えせますか、二円や三円ならどうにもなるけれど、十円だ二十円だとなるとどうします。それにそのふまれた金はどこから出るのです、皆自腹切らなければならないじゃありませんか、よく考えて御覧なさい。それは客が酔っていて、あなたに傍にいなくもいいと云ったから、無理はないけれども……本当に客の云う事などこれから本当にしてはいけませんよ。何でも一度つとめさえすれば、どんな事があっても、今夜のような間違はありません」と云った。妾は今夜始めて、客に玉をふまれた。損をしたり、おばさんには叱られるし、三円位どうでもいいけれど、何と云う晩だろう。こんな事があるせいか宵のうちから、何だか嫌な晩だと思った。部屋へ行って火鉢の前に座ってもまたその客の事を考えた。考えれば考えるほど癪《しゃく》に触ってたまらない。金を持って行かれたのが口惜いのではない。世の中にあんな偽善者が多いのかと思うと、情なくなる。泣きたくなって来る。

堂々たる紳士がどうであろう。皆こんな所へ来て、お話にならないような行為をする。一度も床に入らないからって、三円取り返して行く。そうして、世間へ出ると紳士面して、すまして立派な口をきいている。だから立派な風をして往来せましと云ったような顔をして通る男の顔を見るとおかしくなる。そんなものより、乞食の方が余程えらいと思う。そう考えると少しは腹も立たなくなる。

それにしても、あの紳士が三円の玉をよく持って帰られたと思って感心した。あんな奴はどこへ行ってもそうだろうと思う。帰る時もっと云ってやればよかった。

ああ、今夜はなんて、気持の悪い晩だろう。

またあの玉を持って帰った偽善者の顔が浮んで来る。

×月×日

何というむし暑い晩だろう。引付《ひきつけ》に蹲《たたず》んで、空をじっと見つめていた。星一つ出ていない、どうりで暑い訳だ。時々なまぬるい、気持の悪い風が妾《わたし》の顔のあたりをかすめて行く。と、あっちの部屋からもこっちの部屋からも「あァ暑い」と云いながら出て来る。そして皆引付の方へ、

「春駒さん、そこは涼しい？」と云いながら一人の朋輩はとけかかった伊達巻をなおしながら、引付へ入って来た。

「やっぱり暑いわ、でも、しめきった部屋の中よりいくらか涼しいけれど…」と云っていると、また後から三四人入って来て、皆座った。その中の一人が、眉をひそめながら、

「妾今五番の部屋でうとうとしていたら、ほんとうに魘《うな》されて仕舞ったわ、自分ではよく覚えているのよ、だけど何となく手が痺れて、体が動かないんでしょう。あの窓の所からね、やっぱりあの××さんが云ったのと少しも変りないのよ、そら、あの、きれいな花魁が、しかけを着て、窓から首を出すのでしょう。妾ね、ああ、きれいな花魁だなあと思ったけれど、何となく怖くなってきて、起きようとしたが起られないじゃないの、それに自分で覚えていてそうなんだもの、本当に不思議で仕方がないわ」と云った。傍で聞いていた花魁達は誰もが気味の悪いような恐ろしそうな顔している。とまた誰かが、

「ほんとうに気味が悪いわね、それにあの五番ばかりじゃないのよ、十六番だって、十一番の部屋だって魘されるわ、それから、あの例の問題の部屋ね、十五番さ、××さんがあそこで魘されると間もなく妾の客がうなされたのよ、妾何だか、その話を聞くと恐ろしくて、あの部屋ばかりは入る気になれないわ」

「妾もさっきそんな話を聞いてから、十一番と十六番に、十三番、五番の部屋へはなるたけ入らないようにしているのよ。それに、魘される時と云うものはきっと、いやに眠むい晩なのよ。だけど不思議なのは同じ部屋へ入ると誰もが、同じように魘されるのがお怪《か》しいね、またあの十三番と来たら、陰気臭い薄気味の悪い部屋だもの、一人で寝ている時なんかに、足の見えない花魁が出て来

て、スウスウ蒲団を引いてごらんなさい。ああ怖い！」と云うと皆、「おばけが出て来た！」と云って四五人の花魁達は一かたまりにかたまって体をすくめて仕舞った。

すると一人の花魁は顔を上げて、

「世の中にお化けなんてものはありゃしないよ、魘されると云うのは花魁の夢でも見るんでしょう。さもなければ……」と打ち消すように云うと、他の人が、「だけど同じ部屋に入って、人が変っても同じ花魁が出て来るんだから、不思議じゃないの、でも家ばかりじゃない、こんな稼業をしている家は大抵何かしらあるんだって……考えればこんな罪な商売はないもの！　あたり前だよ、それに震災から方々でそんな事が多くなったようだわ、話を聞いて見ると……」

そう云った花魁は今度は少し声を小さくして、

「家であっちでもこっちでも魘されるのは、去年かん部屋で死んだ力弥さんね、それから震災の時に死んだ花里さんね、きっと二人が祟っているんだって皆云っているから、そうかも知れないわ、妾その話を聞いて無理はないと思うよ、あの二人だけは死んでも死にきれなかったろうと、いつも考えるんだけれど……実際家の親爺ほどひどい奴はないと思うよ、そんな事を考えると、〇〇してもあきたりないと思うね」とさも恨めしそうな顔をしている。そうして再び小さい声で話を続けた。

「本当にあの人ばかりは可哀そうだったよ、力弥さんは病院へ入ったその日に死んで仕舞ってねエ、あの人が患っている時に、とても、あの親爺は残酷《みじめ》にしたんだからね、我慢に我慢したあげく、床に付いてから一ヶ月ばかりの間だったけれど、梅毒が肺に来てね、そばで見てても、余り悲しいことばかり云うので力弥さんの顔を直面《まとも》に見ている事が出来なかったのよ、誰だって寄ると触ると力弥さんはもう助からない、助からないと云うんでしょう。もう自分で死ぬことが分ったのは、あの松島さんがね、あの病院のそばでさ、それも病人に聞えないように云えばよかったんだけれど、枕元で『むずかしいね』なぞと耳うちしたのが聞えてからは、ずっと気を落したらしいのよ、その前にもね、あの親爺に、外《ほか》の病院へ入院させてくれと幾度頼んだか知れなかったけれど『そんなに我儘《わがまま》ばかり云ったって病気は癒りゃしない』と云って随分怒鳴り散らしたもんだから、その日から毎日のように家へ帰りたい、外の病院へ行きたいと云って泣きつづけだったのよ、それでも親爺は知らん顔しているんだろう。お粥だって碌《ろく》に食べさせないし、妾は見るに見かねて、随分お粥を煮てやったり、食べたい物を買って来てやったりしたね、そしたら本当に喜んでね、妾はそのよろこんでいるあの人の顔を見ると泣かずにはいられなかったのよ、妾その時の事を考えると可哀そうで可哀そうで、こんな所で病気になるほど、みじめなものはないとつくづく考えて仕舞ったね、そして自分がもし病気にでもなってこんなみじめな目に逢わされたらどうしようかしらと思ったらほんとうに情なくなって仕舞ったわ、それから死ぬ一週間ばかり前から、或る時いつものように力弥さんの枕元に行ったら、『姉さん、妾随分御世話になって済まないのね、ほんとうに意気地がないもんだから。勘忍してね、旦那があんなだから妾今度はきっとなおりゃしないわ』と云って蒲団の中へ顔をつっぷしておいおい泣くんでしょう。妾は一緒に泣かずにはいられなかったね、でも妾ももう駄目だと云う事は分っていたけれど、力をつけて、『力ちゃん、そんな弱い気でどうするの、あなたの様にまだ年が若いのにそんな事ではどうするの、きっと癒るわ、妾よく知ってるのよ、だから決して弱い気を起さないで、こんな病気になぞまけないで早く癒ってくれなければ駄目よ、病は気からと云う事があるからね、すぐ皆と一緒にまたお店へ出られるようになるからね』と云ったけれど、その時妾は、つくづく力弥さんの顔を見て随分やせたものだ、あんなにまるまると太っていた人がこんなに見違える程ほそく糸のようになって仕舞って、どんなに苦るしいだろうと思ってね、情なくなって仕舞ったわ、それでまた力弥さんがね、『姉さんばっかりよ、そう云ってくれるのは、ほんとうに嬉しいわ、妾きっと姉さんの恩は死んでも忘れないわ、だけど自分は丈夫になりたいけれど、今度ばかりは……姉さん妾、死んでもあの親爺はあの儘《まま》ではおかないわ、妾の思いばかりだってきっといい思いはさせないからね、死んだって付きまとってやるから、呪祈《のろ》ってやるから』と歯切しりして口惜《くやし》がって云ったからね、妾その時力弥さんのそばにいたけれど気味が悪くなって体がぶるぶるしてしまったよ、そして帰ろうとすると、『姉さんもう少しそばにいてよ』と云って細い手をのばして着物の裾を引っぱるのでしょう。妾がそばにいると喜んでね、妾が行くとなかなか放さないんだもの、いじらしいより恐ろしくなってね……それで、皆が何だかだと云うので、あの親爺やっと、それもよくよく悪くなったものだから仕方なしに野田病院へ入院させたけれど、その時の力弥さんは口も何もきかなかったわ、入院させる事がきまった時、本当に喜んでいたのよ、やっぱり自分では死ぬ事が分っていたようだけれど、それでも死ぬ前になってから、死ぬのを嫌がってね、『きっと野田病院へ行ったら、丈夫になって帰って来るから』なぞと云って九日に入院したが、その日の夕方とうとう、死んだと云って知らせがあったのでしょう。妾ほんとうに驚いたわ、やっぱり、今迄家に寝ていて、苦るしい思いをして、入院したから、安心して仕舞ったんだわね、あんな可哀そうな人はないわ」と話し終った。目には一ぱい涙が宿っている。す

るとそばで聞いていた花魁の一人が、

「ほんとにね、もう少し早く入院させたら、あんな事にもならなかったろうにね。それにまだ、二十になったばかりなのに、いくらも働かない内あんなになって仕舞ったんだから、きっと死んでも死に切れやしないわ、それだもの、力弥さんの思いばかりだってね……そんな事を考えると、人事《ひとごと》とは思えやしないね」などと云って淋しそうにうなだれている。そばにいた花魁たちも深い吐息を吐《つ》きながら聞いていたが、やがて一人の花魁は口をひらいて、

「だけど恐らく家の親爺みたいに情知らずはないだろうね、楼主なんて者は皆そうだろうけれどさ、またね、残すものはどこか違った所がなけりゃね、それこそ命より金の方が大切って云う方だから、あきれてしまうよ、それに妾、震災の時の話を聞いて驚いて仕舞ってね、とんでもない家へ来て仕舞ったと思ったけれど、どこへ行ったって同じだから我慢しているけれど、あの花里と云う花魁も可哀そうだったわね、つくづくあの仕事師の頭《かしら》が云ってたわ、この間もその話が始まって、この長金花《ちょうきんか》の親爺程人情知らない奴はないって、震災の時にあのおかんばん(湯をわかす所)が一番先に潰れてしまったんですってね、そこには花魁が何でも八九人集っていて、その下になって死んでしまったそうだけれど、その内三階が崩れて来て親爺もお内儀《かみ》さんも帳場にいたそうだが、

それでも親爺は、金庫にしっかり噛り付いて離れなかったそうだね、呆れてものが云えないやね、やっぱりあの親爺だけにね……丁度その時保険屋も来ていてそこで死んだそうだね、お内儀さんも子供もつぶされて死んだのに自分一人は金庫に噛り付いているなんてねえ、そこへ頭が馳せつけたら、もう家は潰れているので、これでは皆やられたと思ったけれど、それでも中庭の方へ廻って見ると、崩れた壁の中から苦るしそうに唸って手だけ出していたのが花里さんなんだわ、頭はね、それを見て手を引ぱろうとすると帳場の方から見えたのであの親爺がね、『頭、そんなものはどうでもいいから俺を早く助けてくれ。女なんか少し損すればいいんだから……そんな者は打っちゃっておいて、俺を助けてくれ、金はいくらでも出すから……』と手を合せて拝んだけれど、頭も偉いね、そこが江戸ッ子気性でさ……花里さんを先に引ぱり出したんですってね。それからあの親爺を漸《ようや》く色々なものを取のけて助けたんですってね。その時花里さんは出されたものの目には砂が入ってつぶれてしまったし、もう虫の息だったのだって……そして間もなく苦るしんで死んで仕舞ったそうだけれど」

とため息をつきながら、

「何んて可哀そうな人だろうね、あの親爺にいまにいい事があるものか、人を苦るしめておいて……きっと、力弥さんと花里さんが崇っているんだわ、そしていつも頭がお昼休みに時々その話が出るけれどもさ、そう云ってるわ、『あの親爺の気性も知っているから、俺は何も礼を貰おうと思って助けたんじゃないけれど、今じゃ仕事に来ても、震災の時の事は忘れて、俺が来さえすれば金を借りにでも来たのかと思って……馬鹿にしていやがら……頭と名の付いたものが礼を貰おうとおもって人を助けるなんて、そんな頭と頭が違う。俺の方じゃ礼をくれるたって、そんなものは受取らねえや、こっちの方から御免を蒙《こう》むらあ』といつも云ってるわ、そこは頭だけに値打があるわよ、だけどいつも花里さんばかりは可哀そうだって、頭は云ってるわ、全くね、折角助けた甲斐もなくね、第一親爺の云いぐさが憎くらしいよ、女なんかどうでもいいなんて、あの人情知らずの畜生！　自分も命が欲しけりゃ、同じ人間だもの誰だって命の欲いのはあたり前だよ、喜んで死ぬ奴がどこへ行ったたってあるものか。馬鹿にしていやがら、あん畜生！」と云って自分の事の様に怒っている。また一人は、

「それで頭は助けたってそれっぱなしだってねエ、後で礼一つ云わないんだってさ、全く開た口がふさがらないよ、あの頭だから礼をよこしたって貰やしないやね、だけど人間はそんなものじゃないよ、よく云ったもんだね、『喉もと過ぎれば暑さを忘る』ってさ」今迄聞いていた花魁達は皆憤怒の色を浮べてい

る。

「こんな楼《みせ》へ来た妾達が、運が悪いのだから仕方がないわ」と云って、一人は立上った。

「さあ、少しは涼しくなったわ、皆んなもう休みましょう」と云いながら一人が引付から出ると、後から皆続いて外へ出た。

「あんな怖い話をしたから、あの時の力弥さんの事なんか思い出して仕方がないわ、便所へも怖くて一人じゃ行けないわ、困ったなあ」と云ってるものもあった。

「あ！　力弥さんのお化けがあ！……」と一人が大きな声を出すと、皆ワァワァ騒ぎながら各々は思い思いの部屋の中へ姿を消した。

×月×日

張店《はりみせ》に四五人残っている花魁が、頻《しき》りに、主人と、若いお針さんの話をしている。

「内のお針さんがさ、この頃随分目立って来たじゃないの、だからお風呂へ入る時でも一番ぐちに入るのよ」と一人の若い花魁が話し出した。

「ほんとに大きくなったわね、この間随分馬鹿にしているじゃないの、ほら、胃腸が悪いとか云って寝たり起きたりしていたでしょう。その時にね、胃腸が悪いと云う病人が御飯を余り食べないで、夏蜜柑ばかり食べているんじゃないの、この間妾《わたし》が見ている間に二つもたいらげて仕舞ったのよ、妾それから変だと思ったのよ、胃が悪いってのに、あんなもの食べていいのかしら……と、その時思ったけれどもさ、そうすると、また今度は口がまずいとか何とか云って、大福を食べたり、お寿司を食べたりしているんでしょう。妾驚いて仕舞ったわ、それから、お可笑《かし》いお可笑いと思っていたのよ、あれがつわりだったんだわね」とさも怪《け》げんそうな顔して云っている。

「だけど、お針さんもお針さんじゃないの、まだあんなに若いのに、五十先にもなる親爺とね、あんな助平親爺はないよ、胡麻塩頭の癖に、矢張《やは》りそんなことをする親爺だけに年より若いやね、それで床屋が来る度に染めてるのよ、けれど、考えるとお針さんも可哀そうね、あんなしみったれ親爺だから、子供が生れたって満足の事はしてやらないよ、それに来月中旬に京都から新らしい嫁が来るってんだもの、何でもね、やっぱり花魁なんだとさ、あの親爺がいつも京都の弟の所へ行く度に遊びに行って馴染んだ女だそうだね、年は三十六とか云っていたけれどもさ、もう身請《みうけ》して連れて来るばっかりになっているんだそうだよ、だから近い内にお針さんは、あの大きなお腹を抱えて国へ帰るなんて云ってるけれど、実はそうじゃないらしいね、聞いて見ると、何でもお針さんに芸者屋をさせるんだって……だけどうちの親爺程女を取替えるものはないだろうね、七人目だもの、とても女好きなんだってもの、震災前から幾人とりかえてるかわからないね、よくあんな親爺に引かかるものもあるんだね、あたしは、いくら金を貰っても嫌《い》やだね、それでこの間だって、夜、稼高《かせぎだか》を勘定してる時、あんた、高が一銭足りないと云って怒って、おばさんを呼びつけてさも誤間化《ごまか》しでもしたの様に怒鳴り散らして大騒ぎさ、ほんとに呆れるよ、先月の×日もそうじゃないの、これは内々の話だけれども、××さんね、あの人は親爺が手を出しそうにしたんで、××さんはそれを口実に借金を倒おして行って了《しま》ったんだとさ、だけど親爺は自分にやましい事があるから、何とも云う事も出来ず済ましたんだってけど、××さんは利口だよ、お尻のしまり方がね、誰だって、思っていたってなかなか出来るものじゃないよ」と云っている。

「まったくね、けれどこんな商売していていまにきっといい事はないわ、悪銭身につかずってよく云ったものね、今迄話を聞いているけれど、こんな商売をしていて、何代も何代も続くなんて事はないものね」と常に無口だと云われている××さん迄、今夜の主人の話に対しては憎くしみを感じているらしい。

「もうこれは出かけたらしいね」と誰かが親指を出して見せると、一人の年増

の花魁は、

「ああ、もうとっくだよ、妾はね毎晩同じ位の時間に出かけるからいつもどこへ行くんだろうと思っていたら、博奕《ばくち》打ちに行くのさ、それで、うちの親爺はなかなか強いんだってね、だからいつも敗けた事はないんだってさ、余程悪運が強いんだね」と云いながら、帳場の方を覗いている。お針さんは主人が出かけたあとの座蒲団に座って玉帖《ぎょくちょう》に金高を記している。一寸見ても、息づかいが苦るしそうである。お針さんは今年二十三だった。可哀そうに……あんな若いのに、これからいくらもしっかりした所へお嫁に行く事が出来るものを、いくら運命とは云え……一生日蔭者で暮さなければならない……けれど自分の身に引かえてどんなにいいかも知れない。十時半になった。下新《したしん》が引けの御飯だと云って来た。お膳を見ると相変らず色の悪い変な臭いのする沢庵《たくあん》きりなので誰も、食べに行く様子もない。見ただけでも沢山だ。あア昼間残しておいたお魚があったっけ、と思い出し、戸棚の中から頭に少し肉が付いているのを取り出した。御飯はすんだ。中庭の縁台に腰をかけて空を見つめていると、自然に涙が湧いて来る。故郷の母も妹も、同じこの星を眺めてこの光子のために泣いているだろう。たまらなく、悲しさが胸に込上げて来た。妾は夢遊病者の様にふらふらと庭中を歩き廻っていた。そして急に飛び立ちたい様な気持をおさえきれなかった。もうこんな稼業はやって行けない、そうだ……いやそうじゃない、神様は運命の子として可哀そうな妾を諦めさせようとするのだろう。そうだ、きっと、そうだ、仕方がない、仕方がない。再び空を見上げた。「諦めなさい」とでも云うように星までが、冷やかな瞬きをしている。

総ての神々よ
妾は
妾の嘆息で窒息しそうです
決して妾は尊いあなた方の御力を否定は致しませぬ
「心貧しき者は幸なり」
妾は妾の可細《かぼそ》い咽《のど》に
幾度わなゝく手を支へて
妾の小さな神に呼び続けた事でせう
だけど、だけど
妾の疲れ切つた身体《からだ》は
くされ果てた魚《うお》の様です
忍従のかひなは

糸蒟蒻の様に力を失つて居ます
総ての神々よ
聖く閉されたこの密室に
妾は
妾の嘆息で窒息しそうです

×月 ×日
「お客さん！ いらっしゃい！」と店の番頭の声は、宵のせいか元気がいい。張店《はりみせ》の姦《かま》びすしい騒々しさは、一時にパッと消えた。と見ると、しかけを引きずりながら障子の方へ駆け寄る花魁が二三人、

「洋服さんよ、……あら春駒さんの人よ」

妾《わたし》は思わず立ち上った。

××のTさんが靴を脱ぎかけている所だった。妾の知らないお友達と二人連で。

「春ちゃんしばらく、ほんとに御無沙汰してすまなかったね、僕少し体が悪くて国へ帰っていたものだから、それに引続いて試験でね……」

妾のTさんは、妾の初見世時分から四五度《たび》来ている人だった。妾はTさんの

言葉遣いからして活潑《かっぱつ》な、そして、さっぱりしている学生気分が好きだった。それに話ずきで、来る度毎に、色々少年時代の話や、為になる話をしてくれた。

「まあ、それはいけなかったのね」

「有難う、それはそうと春ちゃんに、今晩は僕の最も仲のいい友人を紹介しよう、K君と云うのだが……」

妾はそのKさんの方へむいて、

「始めて……どうぞよろしく」と軽く会釈した。Kさんも、

「始めてお目にかかります。T君と今後も一緒に来ますからどうぞ……」と云った。

「それに不思議なのは、僕と始めてこの楼《うち》へ来たのだが、清川と云う女を、ずっと前に一度買った事があるんだそうだ」

とTさんが云った。Kさんは、

「君よし給えよ、そんな事はどうでも……」と打消すように云う。

自分の馴染客のお連《つれ》へ、初会に出す花魁は自分で決める権利があるので、誰にしようかと考えていた時であったので、

「まあ清川さんの方だったの、早くそう云えばいいのに」

と云っておばさんに話すと、間もなく清川さんが上って来た。清川さんは一寸

引付《ひきつけ》の中をのぞいていたが、

「やっぱり妾の人だったわ」と云って入って来た。

「妾清川さんの方だったのを知らなかったのよ、それに、Tさんとは始めて一緒に入らっしゃったし、今それを聞いて始めて分ったのよ、御免なさいね」と云えば清川さんも、

「妾も上る時、妾の人じゃないかしら、見覚えのある人だとは思っていたけれど……」と云って笑っていた。

やがて部屋へ行った。Tさんは、お茶を飲みながら国の土産話を聞かせてくれていた。すると廊下が急に騒がしくなったので話を止めて聴いていると、清川さんが泣き声で何か云っているのが耳に入った。すると後から万竜さんのけたたましい怒鳴り声が聞えて来た。妾は何か二人で喧嘩でもしているのかと思って出て見ると、あんのじょう清川さんは泣いていた。

「どうしたの？　清川さん」

「妾のKさんね、万竜さんの人だと云うのよ」

妾はそれを聞いて驚いた。

「あら、どうして？」

「妾が今羽織を着替えて、Kさんの所へ行こうと思ってここまで来ると、いき

なり万竜さんが、『清川さん、あんたの所へ来ている人は妾の人よ、妾の所へ一度来たきりだけれども……お酒に酔っていて、人に世話をやかせたお客なのよ。誰にことわって、あの人に出たの、人の客を取って席順が上ったって何にもなりはしない』っていうのよ、妾何にも知らないで前に出たのですもの、口惜《くや》しいわ……」と云って泣いているので、妾も困って仕舞った。片方の話ばかり聞いても解らないと思ったので、万竜さんの所へ行って訊いて見た。

そしたら、清川さんの所へ来る前に一度万竜さんを買った事があると云う。Kさんが万竜さんの所へ来た時は、随分お酒を呑んで、大勢の学生達と来たと云うことだ。妾はこれでは万竜さんが怒るのも無理はないと思った。それからKさんに話そうと思って清川さんの部屋へ行った。Tさんと Kさんは二人で何か話をしている所であった。

「Kさん、あなた清川さんの前に、一度万竜さんを買った事があると云うじゃないの？」

Kさんは妾に云われて、きまりの悪そうな顔をしていたが、

「僕そんな事おぼえてやしないよ……酒を呑んでいたんだもの……」

「妾ほんとうに困るわ、そうでなくても煩《うる》さくて仕方がないのに、清川さん泣いて来やしないじゃないの……」

Tさんは初めて聞いた様な顔をしていたが、

「君ほんとかい、罪な奴だなア……」とやっぱり眉をひそめながら、

「仕方がない奴だなア……いや僕が何とか言って、連れて来よう、むこうは一度だし、こっちは二度だろう、やっぱりこっちが勝つよ」

と云いながら部屋を出て行った。暫《しばら》くしてTさんに連れられて清川さんは目を真赤《まっか》にして入って来た。Kさんは相変らず下をむいて蒲団の裾を見つめているようだった。すると荒々しい草履《ぞうり》の音がしたと思うと、

「客も客だけれど、その客に出る女郎も女郎だ」と云って万竜さんが毒を流しながら、廊下を通って行った。

妾は困った事が出来たと思ったが、どうする事も出来なかった。するとKさんは、

「僕つまらないから帰る」と云い出した。Tさんは困ったような顔をして、

「折角、君と今晩はじめて来たのだから、今夜だけ気を取りなおして面白く話をして帰ろうじゃないか、元を云えば君が悪いんじゃないか、清川君は知らないんだもの、君の罪だよ、ねエ君、清川君だって君のために他の女にあんな事迄云われて黙っているんだもの、そうしてくれ給え、ねエ君……」と云って一生懸命とめている。

所へお婆さんが清川さんを呼びに来た。他のお客が来たらしい。妾は暫く考えていたが、

「だけどお可笑《かし》いじゃないの、この前に一度清川さんの所へ来た時によく万竜さんに分らなかったのね」と云った。

Kさんは先刻《さっき》から黙っていたが、急に妾達の方へふりむいて、

「実はこう云う訳なんだ。僕も悪いには悪いんだ。ずっと前クラス会があった時に片山君と長井君、そのほか何でも五六人の友達と、此楼《ここ》へ始めて上ったんだ。余り酒を呑んで居たもんだから女の顔なんかよく見ず、勿論《もちろん》名前も聞かなかったんだが、そう云われれば今の万竜と云う女だった。それから一ヶ月後に一人で来た時に女の名も知らないから誰でもいいと云ったら清川が来たんだ、けれど部屋へ行ってからどうも気がとがめて仕方がないので、清川に話したんだ、『僕はこの前に一度この楼《みせ》へ来たんだけれども女の顔も忘れてしまったし、名前も知らないので、おばさんに誰でもいいと云ったんだが、君大丈夫なんかい』と云ったら『あなたこの前出た人の顔も名もおぼえていないの？』と云うから『知らない』と云ったら『じゃいいじゃないの、黙っていれば一度くらいなら分らないから、あなた誰にも絶対に他の人の所へ来たなんて云っては駄目よ、あなたがそんな事云ったら大変よ』って云うから、それに僕も面倒臭いか

らそのままにしてしまったのさ、後から『大丈夫か』と念を押したら『大丈夫だ』と云うから僕もそのままになってしまったんだ」と云った。黙って聴いていたTさんは、

「じゃア大体は清川君が悪いのじゃないか、何故早くその訳を云わないんだ、そんな不都合な事があるもんか」と怒ってしまった。

妾はそばで聴いていたが、腹が立って来た。清川さんはこんな事が度々あった。この前にもこんな事があって他の朋輩達から散々に云われたのに、またその舌の根も乾かないうちに、……まあ何と云う人なんだろう。今度はKさんに気の毒になって来た。清川さんの意にしたがわされたKさんに対して……。そうして清川さんが一度でも自分より先に来ていた人の客迄取っておいて、しらばっくれて通そうとしたその心が憎くらしくなった。そんな事までしても客を取ろうとする清川さんの心が妾には分らない。娼妓稼業から云えば商売熱心とでも云うのだろうが。

それでもTさんが折角来たのだから今晩だけはと云ったが、Kさんはどうしても嫌だと云うので、Tさんも自分だけ残る訳には行かず帰ってしまった。後でKさんから聞いた事を清川さんに余程云おうと思ったが、人の事ではあるし、気まずい思いをさせたり、またこんな事が他の朋輩達にでも知れたりして、よ

り以上皆から虐《いじ》められるのも可哀そうだと思ったので黙っていた。

だけど清川さんはそんな事があってどんなに朋輩達に云われようが、平気な顔をしている。妾も人の事などを云うのは嫌いではあるし、また自分もこれからのちどんな間違があるかも知れないからとは思ったが、それでも清川さんには今迄二三度注意した事があった。にも拘わらず、妾は今度こそ呆れてしまった。清川さんは常に仲よくしている誰に対しても、夜の稼業に付くとまるで敵《かたき》同志のように思っている。それは自分が常に人の客でも何でもかまわないと思うだけに、人にもやっぱり自分の客を取られやしないかと思うからであろう。こんな人をほんとうに花魁根性とか云うのだろう。そしてまた清川さんのこうした根性を、蝮《まむし》でもはい出した様に騒ぎ立てる人達も、やっぱり花魁根性と云うのであろう。

×月×日

午後七時、外人が二人、通弁一人連れて上った。軈《やが》て間もなく、梯子段をどんどん下りて来る音がすると思うと、張店《はりみせ》へ御見立に来た。おばさんが障子を明けると外人は赤子の様に、

「皆しゃん今晩は」とニコニコ笑いながら立っている。張店では大勢の花魁達

が、お互に顔を見合せて笑っている。外人は通弁と、何だか分らない事を一生懸命喋《しゃ》べっている。そのうち、通弁は夕霧さんを御見立になった。後からすぐ外人はスリッパのまま張店へずんずん入って来た。嫌《い》やな外人、畳の上をスリッパのままでと思っているうちに、一人の外人はいきなり妾《わたし》の手をとって連れて行きそうにした。おばさんは、

「御見立になった人早く二階へいらっしゃい」と云うので妾は引っぱられるまに上って行った。後から直ぐもう一人の外人と弥生さんが来た。皆引付《ひきつけ》へ揃ったので、おばさんでは言葉が分らないので、遊興費は番頭がきめた。番頭が始め、

「ワンタイム十円」と云ったら、外人は怪しげな日本語で、

「高い、高い」と頭をふった。番頭は手と頭をふって、

「高くない、高くない、ワンタイム十円」と云ったので外人は仕方なく一人に対して十円ずつ出した。夕霧さんは通弁と何か話をしている。二人共少しは日本語がわかるらしい。こんな時にどこの国の言葉でも知っていたならばと思った。

「あなたお国はどこですか?」と聞いたら、分ったらしく、

「独逸《ドイツ》」といった。今度は外人が、

「あなたはどこ？」と妾にきいたので、

「あたし日本よ」と云ったら、弥生さんの外人と顔を見合せて囁き合っていたが、声を立てて笑った。妾も日本人には極《き》まっているのにと思ったらお可笑《かし》くなって吹き出してしまった。弥生さんの外人も妾のも随分背が高い。妾の人の方が痩せている故《せい》か、弥生さんの人より少し大きそうに見えた。妾の人は可愛いい顔していて口元がまるで四五歳位の子供のようだ。弥生さんの人は丸る丸る太っていて一寸顔を見ると頑固そうに見える。

やがて、それぞれ部屋へ案内した。またスリッパのままで入って来たので妾は、

「お脱ぎなさい」と云って廊下の外へ出した。独逸人は妾の顔とスリッパとを見比べて笑っている。直ぐ妾が寝巻を持って見せたら、洋服を脱ぎ初めた。寝巻を着せたら余り背が高いので、つんつるてんで一尺五寸位足の脛《すね》が見える。これにはまた大笑してしまった。外人は寝巻を着替えると窓の所へ腰をかけて中庭の方を見ているので妾も一緒に窓の所へかけた。すると外人は今度は妾の頭を指さして、顔をしかめながら「日本娘」と云って妾の髪の髷の所を押し潰して、嫌だと云うような手つきをして見せた。そしてまた、今度は「独逸娘」と云って、自分の頭をなぜている。その意味は、日本の女はこんなややっこし

い髪を結って何だか臭い油をつけているけれど独逸の女は皆断髪でふさふさしていていいと云うのだろう。それで妾は、「あなたは日本髪の美しい姿を御覧になりましたか、上流家庭の日本娘の花嫁ぶりが、どんなに松や竹の前栽を背景にしっとりとした気高さを保つかを」そんな事を幾度も繰り返して云ってみた。

併《しか》し、独逸人は、妾が何を云ってもやはり「ああ、そうでしゅか、ああ、そうでしゅか」とばかり云っている。分らないらしい。ふと洋服のポケットを見ると、ハートの五ツの模様の箱が目についた。妾は、トランプだと思ってその箱を引出した。割合に軽いが何が入っているんだろうと思って見ると、

×月×日

今日随分面白い事に打《ぶ》つかった。

清川さんが病気で寝ていたから、千代駒さんと二人で枕元で暫《しばら》く話をした。

「清川さん、何か食べたくない？　何でもあったら遠慮なく仰有《おっしゃ》いね」

千代駒さんは親切にそう云った。妾《わたし》も側から、

「ほんとうよ、何か旨しいものを食べると食が付くから……何か我慢して食べ

て御覧なさいよ」というと、妾蜜柑を食べて見ようかと思っているのよ……かまわないかしら?」

と云うから、

「それじゃ今、仲どんに取らせるわ、少し待っていらっしゃいね、じゃ、おばさんに叱られるから、また来るわね……お大切《だいじ》に……」と云って出て来た。

そして仲どんに頼んで三十銭取って来て貰った。後で仲どんが千代駒さんに、

「清川さんに、さっきの蜜柑持って行って、誰に付けて置くのと聞いたら、千代駒さんに付けて置いて下さいと云うんですが、いいんですか?」と云った。

さあ神経家の千代駒さんは怒り出した。ぷんぷん怒っていたっけ。

妾は考え出すと、お可《か》笑《し》くなって仕方がない。


(四行　伏字)

×月×日

「仲どん、お酒を買って来て頂戴!　飲まなくっちゃ、腹の虫が納まらないや」

と云う声が聞える。

自暴酒《やけざけ》！　うんとお上りなさい。

×月×日

時間遊びの客を二人帰して、張店《はりみせ》へ座ったら十一時。それから二三人の朋輩達と、オハジキを始めていると間もなく、また、お客が上った。

「初会だったら今度誰の上る番？」

と、一人が云った。

「妾《わたし》の上る番だけれども、一時間位なら上らない方がいいわ」

と、羽衣さんは、オハジキの手を一寸止めて云った。ところへおばさんが下りて来て、

「御順にいらっしゃい」

と、云うと一寸躊躇《ためら》ったが、羽衣さんは上って行った。間もなく二階で、荒々しく障子をしめ立てる音がしたと思うと、今度は、梯子段をやかましい音を立てて下りて来る様子なので、妾は今上った客の事で何か始まったのかと思って、傍にいる朋輩とお互に顔を見合せていた。するとやっぱり羽衣さんだった。張

店へ入って来るといきなり、

「あんな好かない奴っちゃありゃしない」

とぷんぷん怒っている。

「どうしたの羽衣さん」

「ううん、今上った奴さ、遊興費を定めていると、『もっといい女は居ないか』って云うのよ、妾そんな事云われて、おめおめ、居る訳には行かないから、『他に幾何《いくら》でもいい人がいるからどうぞ』と云っておばさんが何か云った様だったけれど、耳にも入れず、来て仕舞った、けれどもさ、今夜程、どいつもこいつも癪《しゃく》に触る事ってありゃしない」

羽衣さんは息をはずませながら、さも口惜《くや》しそうに云った。そこへおばさんが来て、

「羽衣さん済みませんでしたのね、どうもこればかりは稼業柄、お客に帰れとも云えないしさ、稼業の弱みでね、……さあ、今度はその次の人入らっして下さい。今度悪ければ帰って貰うさ、仕方ない、……本当に嫌《い》やになって仕舞うよ」

流石《さすが》のおばさんの顔にも、あんな客帰して仕舞った方が面倒臭くなくていいとでも云った様子が見えた。羽衣さんの次は妾だったので、

「ああ、また妾もはちくって下りて来るさ」

妾は、そんな難かしい客に出るのは嫌やだと思ったけれど仕方がない。渋々上って行った。

客は洋服を着た、眼鏡を懸けている一寸した男だった。妾が入って行くと、妾の顔を穴の明くほど見つめているので、

「妾の顔に何か付いていますか」

と皮肉に云った。すると客はまた、

「僕、今夜は帰らせて下さい、またあらためて来ますから……」

と云い出した。おばさんは周章《あわ》てて、

「あなた、折角また花魁を上げて来たのじゃありませんか、それに客の声がかって仕舞ったし、あなたに帰られると妾がお帳場で叱られなければなりませんから、今晩だけ気嫌よく遊んで行って下さいな、ねエ、そうして下さいまし」

おばさんはさも困ったらしく、客を帰すまいと、色々気嫌を取っている。

妾は随分馬鹿にしている、また人に恥をかかせるのかと思うと口惜くなったので、

「あなた御自分の顔と相談した方がいいわ」と云いながら引付《ひきつけ》から出て仕舞っ

た。

遣手《やりて》部屋では床番や、下新《したしん》が、「春駒さんまたはちくったの……意気地がないなア……」

と笑っている。妾はさも客に聞えるように、

「あんな客ってありゃしないわ、あの馬鹿野郎……馬鹿野郎……」

と怒鳴りながら下りて仕舞った。そうして化粧部屋の方へ行こうと思うと、張店から羽衣さんが顔を出して、

「春駒さんあんたも、馬鹿にしているわね、あんな奴、うんと云ってやる方がいいのよ」傍にいる一人も、

「まったくね」

そこへ番頭が腹立しい顔してやって来て、

「春駒さん、客の事を馬鹿野郎なんて何んです。あなたに似合ない事を云うじゃありませんか、馬鹿野郎と云ったのを耳にして、あの客が今の花魁を連れて来てくれ、と云ったから妾と一緒に行って、謝りなさい」

妾は番頭にそう云われて意外に思った。怖い様な気がする。馬鹿野郎と云ったのが聞えて、連れて来てくれなんて云う客は、今迄の例に無い。それにしても妾にどうして来いと云うのか、その訳が分らない。わざわざ行って謝るのも

癪だと思ったので、

「妾、もうあんな客の所なんか、嫌やよ、他の人が居るじゃないの」

「他の人を連れて行く位ならあなたに云やしませんよ、客が今の花魁をと云うからには、あなたより外《ほか》にないでしょう、さあ、いらっしゃい」

と云う。

何されるのかしら、したとしても余り手荒な事はしないだろうけれど……何となく恐怖におそわれて心細かった。また、馬鹿野郎と云った為に、その客の所へ行くなんて変だ、ああ、こんな事になるなら悪口を云わなければよかったと思った。が、もう間に合わない。嫌や嫌やながら番頭の後について客の所へ行った。穴でもあったら這入りたいような気持がしてならない。

客は前よりも落付いている様子であった。妾は下をむいて黙っていた。

番頭は妾に代って一生懸命わびている。妾は別に客に謝りもしないで、この結果がどうなることだろうと思いながら、そうして内心ドキドキしながら聴いていると、

「僕は随分遊んだけれど、女に、馬鹿野郎と云われたのは始めてだ。面白い女だ、遊んで行こう……」

と意味ありげに苦笑して云った。

妾はこんな客は珍らしいと思ったが、余り落付いているので、却って気味が悪くなって来た。客に対して、今更謝るのも変だし、どうしてよいか分らなくなって仕舞った。

客は部屋へ行くと云って、遊興費を、おばさんに渡した。

「どうも相すみませんでした。御無理に御願いしまして……」

と幾度も頭をさげておばさんは帳場へおさめに行った。併《しか》し、客は妾に対してどんな事を思っているのだろうか。ますます、客を疑ぐらずにはいられなかった。

普通の客であったなら、女に悪口を云われて……それがおばさんや、番頭に免じて遊んで行くとしても、本部屋へ入るなんて……いやこの客は部屋へ行って二人きりになってから、何かするのじゃないかしら……そう思うと何となく不安が伴なって来た。所へおばさんが上って来て、

「まだ部屋へ行かないのですか？」

と云ったので始めて客に言葉をかけた。

「部屋へ行きましょう」

「さあ行こう」

客は、平然と立ち上った。妾も客の荷物を持って連立った。そこでまた考え

た。若《も》し部屋へ行ってから？……向うにいた時は皆がいるから何にもしないだろうけれど……何だか、気味が悪くて仕方がない。……若しもの事があるといけないと思ったので客の動作に注意しながら部屋へ入った。

　すると客は部屋を見まわして、

「これが君の部屋か、なかなか綺麗だね……」

と云いながら入って、火鉢の前に座った。妾は客の物を床の間に置いて、

「上りを飲みますか？」

ときいた。

「茶か、沢山だ、明朝にしよう」

と云った。

　客の口のききっぷりや態度を見ると、自分が思っている様な事は、しそうもないと思ったので、少しく安心した。けれど油断はしなかった。

　妾は部屋で、しかけを羽織に着替えると、やや落付を見せて客と向い合って座ったが、

「馬鹿野郎」が気になって、客と口をきくのも変で仕方がない。客は黙って煙草を吹かしながら、何か考えている様であったが、軈《やが》て顔を上げて、

「君は僕の事を馬鹿野郎と云ったねェ……」

と云って、溜息をつきながら妾の顔を見た。妾はそれに対して何とも云う事が出来なかった。

馬鹿野郎とまで云った者を、わざと呼んで部屋に入ってくれた客、考えると気の毒で仕方がない。あア、悪い事を云って仕舞った、ほんとうに済まないと思ったので、

「本当に悪い事を云って済みませんでした、許して下さいね。今夜は他の事で癪に触っていたものですから、つい……」

妾は客の顔を窺いながらそう云った。客は、

「いや、そんな事なんでもないがね……」

とは云ったが、何となく気にしているらしかった。暫《しばら》くの沈黙が二人をつないでいたが、

「君、僕はね、女に馬鹿野郎なんて云われたのは生れて始めてだ……僕は醜男だから、君の様な別嬪《べつぴん》に、そんな事云われても仕方がないよ」

妾は黙って聞いていたが、もうそんな事を云わないでくれればいいと思った。客がそんな事を云うのを聞くのは本当に堪えられない。早く寝《やす》ませて仕舞ったら……と思ったので、

「寝巻着を着替えましょう」

と云った。客は気嫌よさそうに、

「ああ、そうしようか」

と云って立って服を脱ぎ始めた。妾は、寝巻着を持って立った。そっと客の顔を覗いて見ると、客は笑いもしないで、妾の顔をじっと見つめているので、急に恐ろしい様な気がして来た。

初会の客……まして今のような事があって少なからず疑問を抱いているから油断はしないものの……。

「僕は君に馬鹿野郎って云われたんだなあ……」

また、云い出した。こんなに云うからには、きっと……妾に油断をさせておいて……と逃げ出したいような気がしてきた。そして、若しもの事があったら、逃げ出すのに都合がよいようにと、寝巻着を持っていながら、障子の方へ廻って、桟に手をかけるばかりにしていた。併し、客は何にもしそうもない。そのうち、服を脱いで仕舞ったので、寝巻着を後から着せかけた。洋服と、ホワイトシャツを長押《なげし》へかけて片づけて仕舞うと、客は、

「便所はどこ？」

と云ったので案内してから、妾は急いで部屋に引きかえした。寝てから間違いがあっては、……この社会で、ない事ではなし、それに話も聞いているから……

と思ったので、何か切れ物でも持っていやしないかと、手早く洋服のポケットから、ズボンのかくし迄調べて見たが、それらしい物はなかったので、やっと安心した。そうして見るとやっぱり、何にもせられる心配はないと思った、と同時に先の出来事がまざまざと心に蘇って来た。色々考えている所へ、便所から帰って来た。そして一人で床に入った。

もう何時かしらと時計を見ると、一時を過ぎている。今夜は怖いから他に客が上ってくれるとよいと思って、窓をあけて張店を見ると、まだ花魁が三四人いる。今夜は殊《こと》にひまな夜だからあの朋輩達が上るのにも、容易ではない。それに、もうすぐ大びけだから、まあこれでは上りっこはあるまい、と思ってがっかりした。そこで、かん部屋で寝て仕舞おうと思った。[redacted]そこで羽織を脱ぎながら客の方を振向くと、客は眼鏡をかけたまま、仰向《あおむけ》になって、両手を頭の上に組んで眠っている様子もない。妾は何か考えているのだろうと思って、[redacted]這入ったものの、気味悪さは、一層増して来た。早くかん部屋へ行きたいと思った。すると客は、しばらく黙っていたが、妾の方へ向きなおって、

「僕は君の様な女に逢ったのは始めてだ」

とまた云い出した。妾は余りにその言葉を聞くのが嫌やだったので、耐《たま》りかね

て、
「お願いですから、もう、そんな事云わないで下さい。妾そんな事云われると
どうしてよいか分らなくなって仕舞うわ、そうでなくても先刻《さっき》、あんな事を云
ったのが、ほんとに悪かったと思っているのですもの」
「…………………」
それでも客は黙って床の間の掛軸を見つめている。この人はどうしてこんな
事ばかり繰返して云うのだろうか……余程、馬鹿野郎と云われたのが口惜い
のかしら……いや、そうでも無いらしい……それにしても随分執念深い人だ、
そうして悪口を云われながら……どうして部屋へなぞ入る気になったのだろう。
いくら考えても、どうしても客の心理《こころもち》が分らない。
「馬鹿野郎！　馬鹿野郎！」と相変らず、客は口の中で云っている。
しかし、その内に、気味悪さに慄《おの》いている妾を残して、独《ひと》り夢路を辿ったら
しい。

×月×日

「春駒さん、ゆうべのあいつ、どうして？」
羽衣さんの彼に対する憎しみと、恨みの炎はまだ消えていないらしい。

「随分怖かったわ、妾《わたし》ゆうべ、一晩中、怖くて寝られなかったわ、あんな怖い事ってありゃしないわ、一夜中、『馬鹿野郎！』『馬鹿野郎！』と云っていたのよ、そして目が覚めたら、すぐまた、『ああ……ゆうべは君に馬鹿野郎って云われたなあ』と云うんでしょう。妾ほんとうに困っちゃったわ」

「それじゃ、馬鹿野郎と云われたものだから、意地で遊ぼうと云う気になったのね……じゃ何もしなかったでしょう」

「いいえ、そりゃこう云う所へ来る客ですものねェ……」

「え、随分意気地なしね、そんな事を云われて、そしてそれほど怒っていながら……男ってものは、みな偉そうな事を云っていても、やっぱり弱いのね」

口から吐き出すように、羽衣さんは云った。

×月×日

馬鹿にお腹が痛むと思ったら、月の物だった。せめて、こんな時でも休ませてくれたらよさそうなもの……いつも、こうして懐炉《かいろ》をお腹にあてながら、客を取らなければならない。この苦るしさ、思っただけで身顫《みぶる》いがする。三日、五日、一週間位の間の苦るしみ……。

神よ、あなたは、妾《わたし》共のこの苦るしみを見て下さらないのですか。

海綿を仲どんに買いにやらせよう。

×月×日

いつも不思議に思う事だけれど、今朝も月末の娼妓の勘定帳に「森光」の印がチャンと捺《お》されてある。主人は自分勝手に一人で計算して、妾達《わたし》の印を取り上げて置いて、見せもしない内にチャンと捺して置く。

仲々簡単に出来ていること。

×月×日

朝八時初会の客を帰す。大阪人らしい、言葉遣いと金遣いの汚ない所を見ると。三円じゃ蒲団が寒いからと云っても、どうしても出さない。癪《しゃく》に触るから一度しか行かないでかん部屋で寝て仕舞う。今朝、

「よう、俺《あたい》を振りやはったね」なぞと、大阪弁で云っていたっけ、あんな奴来なくもよい。

風呂の中で弥生さんと清川さんが喧嘩をする。一座の時、客から御祝儀を貰わないと云って清川さんが当った事から初まったらしい。

七時松村さんが来る。今夜珍らしく和服、土産に干葡萄《ほしぶどう》。ゲーテの詩集を借

りる。十一時帰る。

十時村田さんが来た。相変らず酒気を帯びている。

「赤カフェーででも飲んで来たんでしょう。どうして、そんなに飲むの、飲まなくちゃ、来られないの？　妾のような賤しい、嫌やな女の所へは素顔じゃ来られないんでしょう？」

と云えば、村田さんは、

「そうだ、女郎買するのに、まさか素顔じゃね、第一あの大門が入れないいや、入ってもお前のような男欺しの女の所へなんかは来られないよ。そんな事云わずに一杯飲ませてくれたらどうだ」

こうですもの、ほんとにあの人位憎まれ口をきく人はない。

「相変らずお客があって、結構ですな」とコップを取上げながら、皮肉らしく云っていた。上る時、もう客のある事を感付いて仕舞ったらしい。

十二時床に入ろうとしている所へ千代駒さんが入って来た。入るや否や、「黙って黙って」と制するように云って草履を部屋の中へ入れてしまった。

「ほんとに嫌やな奴、妾、もう行かないわ、今夜ここで遊ばしてね」

「どうぞ、ゆっくりいらっしゃいな」

外の人でない村田さんの事だから妾もこう云った。

っていたのよ」

「妾、村田さんが上る時チャンと分っていたわ、春駒さん、嬉しいだろうと思

「あんまり嬉しくないわ、いつもいつも悪口ばかり云っているんですもの、それも妾にばかりならよいけれど、おばさんの前でも他のお客の前でもかまわず、ガアガア云うのですもの、本当にこんな人ってありゃしない」

「春駒さん、あんたそう取っちゃ違うわ、妾そう思うわ、村田さんは妾等に忠告して下さるのよ、本当の事を仰有《おつしや》るのよ、普通の客みたいによい加減の花魁の気嫌とりなんか云わないわ、村田さんのような人がなくちゃ困るわ、そんな人がなけりゃ、こんな所にいる女達は何日《いつ》迄も目醒めないわ、妾だからいつも村田さんの仰有る事を考えるのよ。ねー村田さん、どしどし悪口言って頂戴、だが春駒さんの迷惑になるような事は余り仰有らないようにしてね」

村田さんは蒲団の中で、煙草の輪をこしらえては見つめつつ聴いていたが、

「僕そんな意義のある事なんか云っていやしませんよ。只、こいつが、あんまり客を取り過ぎるから云うんですよ、男は厭《いや》だ、呪う、なんと云っていて、大分話せる、感心だと思っていると、こんなに客が多く来るんでしょう。僕さっき帳場へ行って先月の揚代表を見て来たんです、この女はまた三番で、三百七十幾円でしょう、癪に触るってないよ。それに較べて千代駒さんは偉い、いつ

も下の方にいるんだから。おばさんや、お内所《ないしょ》や、また朋輩仲間にどんなに蔭口をきかれようが、商売が下手だと云われようが、自分の商売を多くする程女性の恥辱だと信じて、進んで他の花魁のように取りっこをしたり、一生懸命待遇をよくしてまた来させるようにしない所なんか、本当に千代駒さんは偉い。それにこいつは……」

こんどは妾をねめつけて、

「お前は、お客の扱が上手だから、席順がいつも二三番という所なんだ。それに千代駒さんはいつも下の方だ。僕は千代駒さんのような人の馴染になればよかった。客に上手にして沢山来させて、席順を上げようとする女なんか大嫌いだ。信用出来ないもの」といった。そうしたら、妾よりも千代駒さんの方が大変怒り出した。

「どうせ妾なんか下手ですもの、だからいつも下の方にばかり」と泣き出しそうな顔付き。千代駒さんは、村田さんの言う事が本当に分っていないらしい。そしてお客を取らない事を、そして席順の下の事を不名誉と思っているらしい。盗人が、沢山盗らなければ不名誉と思うのと同じように……。

千代駒さんは、縹緻《きりょう》もよし、体も丈夫だし、親切だから客はつく筈《はず》だのに…。

「千代駒さん、誤解しちゃ困りますよ、僕は前に商売が下手だからって、そんな事を……」

と当惑したような顔付で頻《しき》りに弁解していたが、また妾の方へ向いて、

「お前になぜそんなに客が来るんだ。きっとお前は甘《うま》く欺すからだろう。それでなくちゃお前のような、そんな顔で、そして愛嬌もなく、何一つ取り所のない花魁の所へそんなに来る筈はない。きっと甘く欺すからだ。僕もその欺されている客の内の一人なんだろう」と云った。彼の瞳は怒りに燃えていた。

本当に村田さんの仰有るとおり、妾は愛嬌もない、別嬪《べつぴん》でもない、学問もない、手練手管《てれんてくだ》も知らない、欺すような事もしない。他の人みたいに一生懸命待遇をよくして、また来て貰おうなぞともしない。却って度々来る客なぞには来ないようにと云う位なのに。それでいて、どうしてこんなに客が来るのだろう。妾も不思議に思っていた。が、この頃漸《ようや》く分って来たようだ。

村田さんも年を取るに従ってそれを知るようになるだろう。そしてそれを知るようになった時、村田さんは、例え、いかに学問があってもまた理性があっても年が若い内は之《これ》は解せないと感ずるであろう。

×月×日

「十五銭のもとでで、どれほど儲かるかしら」と云い乍《なが》ら、小万さんがニコニ

コして入って来た。どうした訳かと訊くと、

「今ね、電話をかけて来たのよ。五人の所へかけたから十五銭取られるでしょう。それで何人来るかしらと思ってさ」

面白い事を考えた物、なかなか悧口《りこう》な人だと思って感心した。小万さんは、

「男って、罪のないものね、誰にも同じことを云ってやるのにさ、自分では俺一人にかけて寄越すんだ……と思って喜んでいるんだからね……」

とさも、勝ち誇っている様子。

客を欺《だま》さねば来てはくれない……客が来てくれなければ借金はいつ迄たっても無くならない……借金が無くならねば自分の体は一生このままだ……だと、やっぱり……。

それにしても、楼主は客が来れば喜ぶ。そして客から取った金の四分の三は楼主の懐《ふところ》に入って了《しま》う……それに電話料まで花魁達に払わせる……何から何までよくもこうだと思われる。

×月×日

「あなたの趣味は何？」

「僕？　僕はね、野球と読書だ」

「運動家らしい良い体格だわね。妾《わたし》あなたの様な活潑《かっぱつ》な人大好きよ。妾も小さい時から、運動が好きだったの。そして読書……丁度理想に合っててよ。色々教えて下さいな」

「理想はよかったね……そう云えば僕も君は大好きだよ」

「読書って、何がお好きなの？」

「文学」

「文学家なの、じゃ小説なんかずいぶんお読みになるんでしょう。話して下さいな」

「うん、今に君の事も小説に書くよ」

「エエ、幾らでも材料を上げるわ、うんと書いて頂戴、有島さんのおすき？」

「好きだよ、矢張《やは》り『或る女』が良いね。あれは一寸した人の物語を耳に入れて、あんな偉大な小説にしたんだ」

「菓子に対する感想はどう？」

「君『第二の接吻』を読んだかい」

この男、朝日新聞を取っているらしい。

話頭を変えて済《すま》し込んだ所ったらありゃしない。もう一度、

「あなたの趣味は？」

と聞き返してやろうか。

「野球と読書だ……」

誰も云いそうな事だこと。

×月　×日

このごろは、本も読めない。

考えも鈍るような気がする。

日々の生活に追われるからだろう。いや、こんな所に、同化されつつあるからではあるまいか。せめて、日記だけは欠かさず書きたいつもり。

昨夜の客、

「『女工哀史』と云う本に書いてあるが、娼妓になるもので、女工からなったものが、随分あるそうだが、この家には幾人位いる？」と問う。

そう云えば、かなりある様だ。昨夜返事した時は、十四人の中三人と答えたが、よく考えて見ると、六人はある。自分でそんな過去の事を黙って語らない人もあるから、もっとあるかも知れない。

『女工哀史』をこんど持って来てやる、と云ってはくれたが……。

「娼妓なんて、良い方だよ。そりゃ女工などは酷《ひど》いそうだからね。第一着物は無いし、昼も夜もの労働で、体は綿の様に疲れるし、そこへ行くと君なんか、着物は好きな立派なものが着られるし、仕事だって楽だし、性慾には不自由はないし、女工が羨んで入って来るのは当然だ」なんて云っていた。

何と馬鹿にした言葉だろう。

「牢屋に入って、五年も六年も出られない貴方だと思って御覧なさい。そのあなたが、どんなに立派な、綺麗な着物を着たって、それをあなたは喜んでいられますか。それに牢屋には、説教師も居れば、運動もさせ、祝日にはお祝までもするそうじゃありませんか。それで入って居るだけで好いのでしょう。別に毎日虐《いじ》められる訳でも無いんでしょう。妾等《わたし》を御覧なさい。出られないのは牢屋と一寸も変りはありませんよ。鎖がついてないだけよ。一寸出るにも、看守人付で、本なんかも隠れて読むんですよ。親兄弟の命日でも休むことも出来ないで、どしどし客を取らせられて、尊い人間性を麻痺さして、殺して了《しま》う様なものじゃないの。罪人よりか酷いと思うわ。そんな所で、どんな立派なりをしたって、チットも嬉しいとは思いませんよ。仕事が楽ですって？　寝ていればよいのだって？　殺されるかも知れない医者のメスを横になって待つ病人は、寝ているから楽でしょうよ。何？　苦労も、怖しさも、心配もないでしょうよ。

性慾に不自由ないなんて、まさか、蝮《まむし》や毛虫を対象に、性慾は満足出来ないでしょう。却って妾なんか女工の方が、羨しいと思っているのよ、女工にでもなって、婦人運動の中にでも入れて貰って、うんと働きたいわ。呪わしい世の中ね」

と云ってやった。

「おや、君は、仲々の雄弁家だね。誰にそんな理屈を教わったんだ」と云う。

妾はもう、何も云わなかった。

訳の解らない、野獣の様な男を、ウンとどやしつけてやりたい様な気がする。

×月×日

今日は公休日。

朋輩達は、朝早く客を帰して朝湯に入り、外出する仕度をしている。

「月に一度の公休日なんだもの、たまには一度位気晴らしに行って見たら？……」

といつも、お婆さんは云ってくれるけれど、ちっとも外出する気になれない。

矢張《やは》り人並じゃないかも知れないけれど、何となく心が進まないのだもの……。

行っても少しも面白くはない。

この前一度、皆に引っぱって行かれてコリゴリした事がある。矢張り気が進まなければ外出などするものでは無いと思った。

お婆さんや皆は、松竹座へ行くとか、活動にするとか騒いでいる。この頃、いくら誘ってくれても妾《わたし》が行かないものだから、お婆さんも、今は何んとも云わなくなった。

「この人は余程変りものだわ、妾達と一度位、出たってよさそうなもんだけれど、そう家にばかり居たって、つまらないでしょう」

美しく化粧して入って来た清川さんと、千代駒さんがそう云う。

「ほんとにそうよ。内にばかりいたって、ちっとも面白い事は無いじゃないの」

「だけど……妾、外出しても少しも面白くないんですもの……どう云うものか、それに妾色々考えちゃうから駄目だわ」

「ほんとにこの人位、出ぶしょうの人はないわ。白粉《おしろい》つけるのが面倒臭ければ、白粉も付けてやるしさ、着物着るのが面倒臭ければ、着せもしようよ、ねエ清川さん、それでも春駒さんはいや？」

と、千代駒さんは半ば怒ったように、妾をにらんで云った。

「じゃ春駒さん、遅くなるから、行って来るわね。淋しいだろうけれど、帰りにお土産買って来るから待っててね、行って来るわ」

二人はみんなと騒ぎ乍《なが》ら出て行った。

皆が、嬉しそうに外出する様子を見ていると、妾はどうして、あの様な気持になれないのかと考える事もある。でもいつも外出する気にはなれない。雑誌を読んだり何かして一日を過して了《しま》う。

一度しか外出した事は無いが、妾と同年輩の娘さんが、盛装して街を歩いているのを、見るのが嫌《い》やだ。本当に苦しさを増すばかりだ。

すぐに、自分程賤《いや》しい者は無いと思う。

また自分程、不幸な人間は無いと思う。

世の中が呪わしくなる。

この社会が呪わしくなって来る。

街を歩いていて、あらゆる見るもの、聞くものが癪《しゃく》に障って来る。悲しみの種になる。

そんな事を考えると、何を見ても、何を聞いてもちっとも面白くはない。

お婆さんに引率されて、すべての人々から変な眼付で見られ乍ら、外出が何んで楽しいのだ。

外出していたって自由な体じゃない……見えない重い鎖で縛られた上に、最も卑しい人間としてより見られない妾だもの……。

おお、そうだ。

浅草の雷門の所で会った、お母さんとその娘さんらしい二人連の姿を、妾は忘れることが出来ない。あのしとやかな優しいお母さんの、にこやかな顔、娘さんに話しかける度に、慈愛に満ちた、優しいお母さんの瞳が、あの娘さんを愛撫していた。はっきりと妾はあの目を思い出せる。

「春駒さん、どうしたの？」

お婆さんに肩を叩かれる迄、二人の幸福な後姿を見送っていたのだったが……。

そして深い淋しい悩みに沈み乍ら、廓へと引返したのだったが……その妾には、一体何が家で待ってくれていたのだ。

妾は、それ以来、もう決して外出はしまいと決心したのだった。

皆が出掛けた後で、ぼんやりこんな事を考えていた。

手早く部屋の片付けを終えて床の間の前に坐った。雑誌を開いて、二三桁拾い読みして見たがどうしても今日は、読む気になれない。

火鉢を背にしてまた考え込んで了う。

どうして妾は、こんな境遇に身を置かねばならなかったのだろう……。

運命かも知れない。前世の約束かも知れない。でもこんな世の中が……。

諦め様と、どんなに悶いても、諦める事の出来ない妾の心……いっその事、平気で何もかも、ごまかし通せないものかしら……酒に我を失った客の様に……だが、こんな所に、不自由な籠の中に、この尊い時を五年六年もどうして過されよう……。

皆同じ人間に生れ乍ら、こんな生活を続けるよりは、死んだ方がどの位幸福だか。

ほんとに世の中の敗惨者！

死より外《ほか》に道は無いのか……。

一体妾は、どうなって行くのだ。どうすればよいのだ。

妾は涙を抑える事が出来なかった。そして考えまいとしても、考えずにはいられなかった。

硝子戸《ガラスど》が寂しくふるえている。

庭の樫の木の影が、その上でゆれている。

×月×日

今朝髪を結っていると、妹から手紙が来た。

「姉さんには、お変りはございませんか。その後はちっとも、お便り下さいませんのね。

母さんと二人で、案じ暮して居ります。若《も》しや病気にでもなって、いらっしゃるのではないかと心配でなりません。どうぞ様子をお聞せ下さい。

蔭ながら毎日、姉さんの御無事を祈って居ます。どうぞ御身御大切に、出世して早く帰って来て下さい――」

妾《わたし》は人目も構わず泣いた。

「出世して早く……」何も知らない妹の、可愛い心……それにつけても現在の妾のつとめ……ああもう何もかも嫌《い》やだ。

×月×日

酒飲めば、客のかいなにうなだれて

唄ふ清香の性《さが》も欲りせり。

ものなべて、恐ろしき夜となりぬれば、

心置く所、われいまあらじ。

或るときは、出世帰国を待つと云ふ
妹の音信《おづれ》に死をば思へり。

世のなべて男のねむるその時の
ありせば我は恋を知るべし。

×月×日

十一時頃、マンドリンが入っているらしいサックを横に抱いた男が上った。誰があのマンドリンを持っている男に出るのだろうと思っていると、「春駒さんお見立ですよ」と云った。すべて鳴り物がすきな妾《わたし》は思わず嬉しさを感じたので、小鳥の様な気がるさで階段を上った。

「僕が写真を見ていると、番頭が『音楽に趣味のある花魁がいるから上れ』と云ったので上った」と云っている。もう遅いから直ぐ帰ると云って三円出した。部屋へ行くとすぐ、

「君は日本の音楽が好き、それとも洋楽が好き？」と訊いた。

「妾日本の音楽だの、洋楽だのってきまっていやしませんけれど、何でもセン

チメンタルな歌なら何んでも好きだわ、人の感情をそそるような、悲しい淋しい歌が大好きよ」と云うと、

「珍らしいね」とさもこんな所の女でもなぞと云うような顔をしている。

「随分馬鹿にしているのね、あんたは、こんな所の女だと思って」と云うと、

「馬鹿にしてやしないよ」と打ち消すように云う。

「それはマンドリンでしょう。何を習っていらっしゃるの？」と訊くと、

「僕今キャラバンをおそわりに友達の所へ行っているけれど、歌は知らないが譜丈《ふだけ》おそわっているんだ、けれどもね、中々一つ覚えるには容易じゃないね」と云った。妾はうなずけた。そして一つからかってやろうと思ったので、

「キャラバンの一番初めは『サバクを渡る』って云うんでしょう」と云うと、

「君よく知ってるね、驚いたなあ、君その歌を僕に教えてくれないか」と云ったので、

「ええ、教えてあげるけれど、今夜はもう時間がないから、この次に入らっしった時にね、それはそうと、そのマンドリンは貴方の？」と訊くと、

「うん、僕のだ」

「じゃ、貴方が、この次に来る迄貸してくれないかしら？」

「困るなあ、毎日習ってるんだもの」

「だって、貴方のなら二三日位いいじゃありませんか」

「実は、だけれども困るんだよ」と今更自分のだと云ったのを後悔しているらしい様子が見えた。妾はなお自称音楽家を困らしてやろうと思って、

「でもいいでしょう、妾はこんな所にいて、大好きだけれどマンドリンなんか持って来るような人はないんですもの、それにこの次に、是非あなたと音楽に就《つ》いて色々御話をしたいと思いますの、だからもう時間もないしするからこの次まで貸して下さいな、いいでしょう。どうしてもやらないわ」と云って、マンドリンのサックをかかえてはなさなかった。

「じゃ仕方がない、この次迄貸して行こう。僕四五日中に来るからその時迄に」と云って心残りがするらしく帰って行った。返えそうと思ったが、久しぶりでマンドリンを手にしたので、珍らしいので強いて返さなかった。

妾はマンドリンを部屋に持って来た。何だか自分のもののように嬉しかった。それにしても本当に可哀そうな事をした。どんなにか置いて行きたくはなかったろうに。無理に、あの人のではないとは知ってい乍《なが》ら返さなかったのが本当に悪いような気がする。可哀そうになって来た。何て妾も罪な事をしてしまったんだろう。今更返してやればよかったと思った。いいや、もう仕方がない。何兎に角、四五日は自分の所に置いておけるのだから嬉しくて仕方がない。何

となく或る楽しみが出来たようにも感じた。だけれど四五日の内にはまた持って行かれるのだと思うとつまらないような気がする。妾はいつの間にかサックからマンドリンを出して人形の様に抱いていた。

久しぶりで「ダニューブの小波《さざなみ》」でもひいて見ようかしら。

×月×日

今日まる一日、当も無い恋人の幻に追い廻されて暮してしまった。

妾《わたし》の為に、本当に泣いてくれる人、心から同情してくれる愛人が欲しい。

妾の力、妾の光、それによって生きられる恋！

たまらなく淋しい日だ。

×月×日

××楼の花魁が、自由廃業したという事が新聞に出ていた。花魁達は今日一日その話で持ち切りだった。

「本当に、自由廃業なんて、出来るのかしら……」

「そりゃ出来るじゃないの、チャンとこうやったって出ているじゃないの？」

「でも、余っ程じゃないと出来ないわ。もし途中で見つかりでもしたら、それこそ大変だから……」

　誰でも、この話になると真剣だ。

「ねーねー、そんなに高い声じゃいけないよ、御内所《ごないしょ》へ聞えると大変だよ、自由廃業なんて出来るものじゃないよ。大金借りていて、そんな事が……この間も花山さんのことを、おばさんが云っていたじゃないの、今頃は警察で虐《ひど》い目に逢ってるってさ。そんな義理人情を欠いてまでしなくてもよさそうなもの、そんな事を、そそのかす奴は、そりゃ皆んな喰物《くいもの》にしようってやる仕事さ。そんな危い事を考えずに、一生懸命働いて立派に出た方がいいよ」

　小紫さんは皆をなだめるように、教えるように云っている。

　こんなに苦しめられていて、義理なんかあるもんか。自分を殺して親孝行するのと同様な考え違いをしている。

　また年のせいもあろう。永年こうした稼業をやっている為、男の心を見抜いている為でもあろうが、ああいう風になって了《しま》っても人間はお終《しま》いだ。希望と憧れをすっかり失われてしまって、ただただ自分の歩んでいる道――如何《いか》にそれが醜い、そして人間の道でないにせよ――に引ずられて行くようになってしまっている人――彼女の性根をさげすむと同時に、また一方涙なしには見られない。人が生きんとする身も心も奪い去る社会――耐え忍べる事か……。

それにしても、その生きんとする心を奪ってる者は誰だろう。男も悪い、社会の罪もあろう、しかし、楼主はその罪を一人で背負わねばならない。極悪非道だ。

楼主の云い付けでおばさんは常に、花魁達に今日小紫さんが云うような事を云っている。

そして花魁達をおどかしている。

半殺し！

警察！

売られる！

こうした事を聞いただけでちぢみ上って、「自由廃業」の言葉さえ余り口に出さない。

それでも止むに止まれない我が勇しい女性は、只生きようと日夜決心している。だから、そんな話でも出ると、怖さに戦《おのの》いてはいるが、自然と自身がその方に引き込まれて行く。

その時の彼女等の瞳《あこが》れ！　なんと輝いている事よ！

この間村田さんが、救世軍の山室さんの娼妓の御話を、して下さった。自分はその御話を一言も洩らさじと聞いた。なんと希望のある御話よ。

自分は思う。彼《か》の何物かに燃えている彼女等の瞳と、その気高い山室さんの御瞳とが相交わすとき、キット、キット、この醜い社会は滅されるであろう。自分がもし、山室さんと、この人達との心をつなぎ合せる役目でも出来たら？……

もし出来たら、自分がここに投げ込まれたのは、神の深いお思召《ぼしめし》からではあるまいか。

妾《わたし》は今日ここに入ってから初めて、清々とした心持になれた。希望を持つ事の出来たのは今日初めてだ。

村田さんの御話によれば、伊藤さんとかいう救世軍の方が娼妓を三百幾人とか自由廃業をさせたとの事。あらゆる迫害をものともせず、死線を越えて！お！　自分は感激する。身顫《みぶる》いがとめどなくする。

神よ、神よ、天国に行かれた伊藤様に御恵みを与え給え。

伊藤様！

×月　×日

妹に手紙を書いた後、長火鉢にもたれて、昨夜齊藤さんが置いて行ってくれた啄木詩集の第二巻をひろい読みしていた。

「春駒さん、何していらっしゃるの？」

鶴子さんの声だった。

「お入りなさいよ、妾《わたし》一人よ」

「いいの？」

「どうぞ」

淋しい笑顔で鶴子さんは入って来た。なんだか抱きしめてやりたい程、悩ましい顔だ。

「何読んでいらっしゃるの？……あら、妾読みたいわ」

「お持ちなさい、いいのよ、妾は少しずつ長くかからないとね。鶴子さんは読むのが早いんだし、あとでゆっくり読めるから……ね」

「そう……嬉しいわ」

「やっぱり考えていらっしゃるの？」

「なんだかね、どうしても暗い気持になってね……」

「では借して下さいね、早く読んで了《しま》うから。お休みなさいね、妾一人で読んでいたいわ」

そう云って、鶴子さんは出て行った。

昨夜は忙しくて、殆んどまんじりともしなかったのに、今朝はどうしたものか眠くない。鶴子さんの淋しい笑顔がまたしても浮んで来て考えても考え切れない大事なことが、そこにある様な気がする。

「女郎屋の娘」と云う言葉や感じは、きっと妾達「女郎」と云う名称と同じ様に、世の人達から蔑視されているだろう。そして鶴子さんの暮し方も目覚めて来たのだと思う。立派な大きい貸座敷業者のあと取り娘として、金や身の廻りに不自由のない、大抵の我儘《わがまま》も通る、併《しか》し妾達の生活を目の前に見ながら、どうする事も出来ないのが悩みだとこの前も話して下さったが……。

きっと学校へ行っても肩身のせまい事だろうと思われる。「人肉の市に育った女郎屋の娘」そう云う影は、きっといつ迄も鶴子さんの後につきまとうに違ない。丁度妾達と同じように……。

「妾位不運のものはないわ、妾は運命の子なんですもの……けれど、妾は素直に苦しんで、きっと生き甲斐のある人間になる積りでいるのよ。だけどやっぱりだめね。何もかもこの頃は嫌《い》やでないものは無いんですもの。朝から晩まで、内に居ても、外に居ても」

そう云って話した日が思い浮んで来る。

とうとう先日鶴子さんは、お父さんにこの商売を廃《よ》して下さいと泣いて頼んだそうだ。でも却って頭から怒鳴りつけられてしまったと涙ぐんで妾の部屋へ来たのだけれど。

その時、鶴子さんだけは、妾達の味方だと思って、嬉し泣きに泣いたのだったが。

こうしてその日その日の生活に慣れて、自分の体と云うよりは、人の体ででもあるかの様に、ぼんやり諦めて了って、夢の様な生活を続けている妾自身を、鶴子さんは教えて下さったのだ。

「どうにでもなれ！」では済ましていられない。初見世当時の悩みを忘れてはならない妾じゃないかしら。

「きっともとの光子になって見せる」と誓った妾じゃないか。

鶴子さんは、結局どうするんだろう。

大きな決心をしている最中かも知れない。

だが……女の悲しさをしみじみ感じさせられる。

鶴子さんと云う人が妾の身近に居て下さることが心うれしい気がする。そして妾に親しんで下さることを、蔭乍《なが》ら妾は感謝している。鶴子さんの道侶伴《みちづれ》に妾もなりたい。心の目を開いて……。

×月×日

余り暇だから、花魁自身で客を呼んで貰いたいと、主人から命令があってから今日で三週間一寸になる。……この頃は皆写真の方の手台の窓の所に一かたまりになって、

「チョイト上って頂戴よ」なんて云っている。

「こう云う時には、何でも口の上手な人が勝《かち》なんだから……甘《うま》く呼んでくれなければ困りますよ」とおばさんは云って聞せる。

花魁は皆蒲団部屋にかくれて、非番口の手台と、写真の方の手台と三十分交代で客を呼ぶ。こんな客を引張るなんて事は大びらでは出来ない。番頭は巡査が来ると、扇子で柱を三度たたいては花魁に合図する。

初め番頭が主人の命令だと云って、

「この頃余り不景気《ひま》だから、今夜から花魁自身で客を呼んで貰いたい。大びらでは出来ないから……番頭は客を呼び込んで色々云うから後は花魁の腕で一つ……」なんて云って来た。花魁は、

「裏の××××店じゃあるまいし、客を引張れって……巡査に見られたってかまやしない、主人がしろって云いましたからしましたって云えば……」

と皆が不平らしい事を云って、しぶしぶ客を呼んでいたが、この頃の花魁達と云ったら、喧嘩面で客の取りっこをしている。それが最近になって一層はげし

くなって来た。

妾《わたし》は自分の番になっても窓をあけた事がない。相変らず写真の所へ客が来ようが黙って他の朋輩達と話をしていた。

「チョイト上って頂戴よ、番頭が云うのと少しも間違いはないのよ、一時間でも二時間でもいいのよ、一人もお客はないんですからって、やさしく云わなければ駄目ですよ」

といつも番頭は妾に教えるが、聞いてるだけで、どうしても妾にはそんな事は云えない。お客なんか無理にこっちから御願して上って貰わなくともいい。妾は早く巡査にでも、こんな所を見られればいい気味だといつも思った。あんな主人だから、そんな事でもなかったら思い止まるまい

今夜もいつもと同じ様に席順で客を呼んでいた。また今夜はずッと暇なので花魁達は写真の方の窓の所に集まって話をしており、妾は張店《はりみせ》で手紙を書いていた。すると急に非番口の方でがやがや騒ぎだした。今迄一かたまりになっていた花魁達は真青《まっさお》になって張店へ馳け込んで来た。運悪く羽衣さんと弥生さんとが客と話をしていると巡査が来たのだった。

「僕だからいいけれど、他の巡査だったらどうする。今後は絶対にしてはいけ

ないぞ。まあ今日はいいとして、いくら知っていたって二度もこんな事があると、拘引《こういん》だぞ。これから気をつけなければいけない」

と番頭が巡査に云われたきりですんだ。妾はお腹の中で愉快でたまらない。他の巡査だったらもっと叱られるんだけれども、と思った。すぐ番頭が主人に話すと、

「お前が花魁達に注意をしないから、そんな事になったのだ。二円でも三円でもいい、数で取るより仕方がないから一生懸命上げて貰いたい」

と主人は怒っている。妾はそうして主人を怒らせるのが何より面白くて耐らない。

「だから云わないこっちゃないんだよ、取る人は一晩に初会三人も四人も取っておいて、取らない人は少しも取れやしない。お互に稼業しているんだもの、同じに初会を取らせる様にしなければ嘘だよ、ほんとに客を引張って巡査にとがめられたなんて、外聞が悪い、長金花《ちょうきんか》の名汚しだよ」

夕立さんは今更《いまさ》ら愚痴をこぼしたり怒ったりしている。また、お定《きま》りのお客の横取りやの清川さんは、それが不平でたまらないらしい。

「客を引張るなんて、一寸人聞きが悪いけれどもさ、あの方が稼業に身が入っていいんだわよ、巡査になぞ見つからなければよかったのに、妾つまらない

わ」なぞとこぼしている。妾はムッとした。

「随分あんたも主人孝行ね、そんなに客が取りたければ、あんた一人で呼びなさいよ」

と云ってやったら、胸がせいせいした。朋輩達は、もうこりごりした様な顔をしている。

×月×日

或る客が、

「君達は、誰でも、家が困っているとか、両親がないとか云うが、ほんとかい。君は話せると思うから聞くが、本当の所を教えてくれないか」という。

妾《わたし》は、自分がここへ這入った事情を話したら、ここの他の人の事も話せと云う。よく考えて見ると次のようになる。

花魁十三人の内
両親ある者　　四人。

両親ない者　　七人。

片親のみ　　二人。

両親あっても、一人の父は大酒家、一人の父は盲目で兄弟が沢山ある。一人の人も兄弟が多い。

男の為　　　　　　　二人

家の為　　　　　　　十人

叔母の為　　　　　　一人

そして花魁の前身を調べると、

料理店奉公（酌婦）六人

芸者　　　　　　　　一人

娼妓　　　　　　　　一人

カフェー　　　　　　一人

女工　　　　　　　　三人

素人　　　　　　　　一人

そのお客は大喜びのようだった。今度来た時も色々聞くから教えてくれと云う。そして妾に何か書いて新聞にでも、雑誌にでも出せばよいなどと云って帰った。何だかくすぐったい様な興奮もした。だけど、

「吉原花魁春駒」と云う様な看板付で書くのは、恥ずかしい。看板のみの興味で人を引くのは卑しい商人根性だ。心を豊かにもって、実力を養いたい。

×月×日

千代駒さんが大変怒っている。訊いて見たら、玉割《ぎょくわり》を貰いに行くとき、席順で受取るんだと清川さんに云われたのだった。

他の花魁なら何でもない当り前だと思うか知れないけれど、そうしたことには大不平を持っている千代駒さんに云ったものだから堪らない。散々油をしぼられた。

この世に最も可弱《かよわ》い妾《わたし》達は、お互に抱き合い、助け合いながら歩まなければならないのに、席順争のために、朋輩達と啀《いが》み合わなければならない。何と云う哀れなお互だろう。

楼主は席順と云う美しい餌でおびき出して、妾達を犬ころの様にけしかける。

「なんでも席順、席順って、威張っているんだから、癪《しゃく》にさわるじゃないの、[redacted]こんな卑しいことをして威張る奴がどこにあるかい、訊いて呆れら」

ここまで話していた千代駒さんは急に晴々しく笑った。

内久保さんに帰りの電車賃五十銭上げた。またおばさんに一円も借りようかしら。けれど、この前のがまだ、二円程返さないでであるからどうだろう？

×月×日

「床番と喰っ付いていりゃ、小遣《こづかい》に不自由しないやね、だけれどさ、床番の気持も察しるよ、同じ家にいてさ、毎晩若緑さんと客の蒲団まで敷いてやるその時の気持さ、あんまりよくもないだろう」

「まったくよ、それにしても若緑さんは悧口《りこう》だよ、幾らおとなしいたって、そこは考えていらあね。あれであの人は中々なんだとさ。洲崎にいた時も其楼《そこ》の番頭と……まあこんな事をしていたんだそうだね、だから人間は分らないもんだね」

「それにね、床番の奴、憎くらしくてさ、あんな現金な奴ありゃしない。何でも遣さえすればヘエヘエしていてさ、若緑さんが一寸何か云おうものなら小さくなっているんだもの、それだけ違うんだね、またあんなごますりはないよ、一体あんな主人を持っていりゃ、ごますりでなけりゃこんな家に長くいられないやね」

「若緑さんと床番は二階でくしゃみをしているだろう」

花魁達は一度に笑い出した。床番と若緑さんの話は張店《はりみせ》の話題を賑わしている。だけど妾《わたし》は若緑さんと床番との仲は皆の想像以上深い仲である事を知っている。

妾と若緑さんは同県人である所から、可《か》なり親しくしている。こんな所に永くいる人に似合わない性質のやさしい、そしておとなしい人であると妾は思っている。が、少しはひねくれている所もないとは云えない。

そして若緑さんは朋輩達から時々面《つら》あてを云われる事がある。

若緑さんが客が来て台の物を取ると必ず床番を呼んで食べさせたり、飲ませたりする。一つの物でも二人で半分ずつ分けて食べる。珍らしい物はお互に取って置いてやる。小遣もやったり、取ったりしている。歯磨、楊子《ようじ》も二人は同じだった。朝飯も必ず一緒に食べる。そうした事から誰が見ても変だとしか思わない。

「よう、こまかいのを五十銭ばかりおくれよ、すぐ返すからさ」

いつも若緑さんが床番に云ってると、花魁達は蔭で、

「チェッ、妾達の前だと思って、体裁のいい事を云ってらあ……」

と云って舌を出している。そして、

「妾も小遣に不自由してしょうがないから、番頭でも色男に持とうかな」と云っている。

また、床番はこの家で雇人の内一番古いと云う所から随分威張っている。花魁が何か一寸間違った事をすると、まるで主人の様に叱りとばす。花魁達は憎らしがっている。だから自然に若緑さんに当る様になる。併《しか》し若緑さんは常に朋輩同志から面当《つらあて》を云われ様が悪口を云われ様が黙っている。そばで見ているのも可哀そうな時がある。だから随分朋輩達に気兼ねをしている様子が見える。自分はどんなにか云いたい事もあるだろうが、床番と自分、そうした弱味がある為であろうと妾はいつも考えている。

「随分妾はね、云いたい事があるのよ、だけどね、我慢しているのよ」

いつか、花魁部屋で妾に泣いて話した事があった。

金！　金！　すべて事の起りは金故に……妾は恐しくなって来た。ああ、嫌《い》やだ嫌やだ、妾はこの頃すべてが嫌やになって来た。そしてこれ以上、若緑さんの事を考えるのも嫌やになった。

×月×日

昨夜、村田さんが林田さんとか云う人を連れて来た。

村田さんは、上る匆々妾《そうそうわたし》を蔭へ呼んで、

「林田君は始めてなんだ。それにまだ女を知らないんだから、その積りで良い花魁を見立ててやってくれ、本当に始めなんだから」

と、云うので、お婆さんに相談して、おとなしい初心《うぶ》な、小浜さんに出て貰うことにした。そして小浜さんと一緒に引付《ひきつけ》へ入るやいなや、林田さんは、村田さんを次の間に呼んで、何かひそひそ云っている様子。

「おい、一寸」

で、妾も呼び出された。

「林田君は、小浜さんが気に入らないと云うんだ。誰か他の人を……」

面倒だから、

「じゃ、御自身下へ行って、お見立てなさいよ、沢山いるんだから」

暫《しばら》く二人で、下でごたごたしていた様子だったが、やがて林田さんが、

「あのお床の前に座っていた、円顔の若い綺麗な人がいいんだって」

「千代駒さんでしょう?」

「なんとかなるまいか」

とうとうお婆さんに頼んで、小浜さんと千代駒さんと見立替。気の毒だったから、小浜さんに一時間でも玉《ぎょく》をつけて上げて下さいと頼んだが、二人共きかない。

帰したあとで、千代駒さんがプンプン怒り乍《なが》ら、妾の所へ来た。

「どうかしたの？」

「まあね、あんな奴ってありゃしない。始めてだなんて嘘なのよ。猫をかぶっているんだからね、全く癪《しやく》に障る……」

と独《ひと》りで怒りつづけている。

「一体どうしたの？」

「千代駒さん、いらっしゃいよ」

と、お婆さんの声。客が上ったらしい。千代駒さんは、そのまま出て行ってしまった。

どうしたのかしら。林田さんが何か悪戯でもしたのか、それにしても怒り方が普通でない様だ。

×月　×日

昨夜の千代駒さんの怒り方が気になったので、お客を送り出して、すぐ訊いて見た。

始めは話し難《に》くそうだったが、すっかり、聞かせてくれた。

千代駒さんはグウグウ眠っていた。ハッと

（十四行　伏字）

眺めている中に、千代駒さんはまた悲しくなって来た。こんなものに、こんな事をされなければならない自分の運命を、また新《あらた》に悲しみが湧いた。若《も》しこんな境遇に居なかったら——千代駒さんは、涙をふいて部屋を出た。妾《わたし》の部屋へ入ってその訳を話そうとした、が立ち止った。そして暫《しばら》く考えていたが入らないで引き返したそうだ。

「皆さんと御一緒にお帰りなさい」

と云ったそうだ。

「わたし随分癪《しゃく》に障ったわ、慾も徳もなくなったの。でも商売だと思うと自分の感情のままにすることも出来ないからね。妾がまんしたんだけれど、全くいやーね」

妾は笑ってよいのか、泣いてよいのか解らない様な気がした。

×月×日

「あたし、あんな田山さんなんかに惚れちゃいないわよ。矢張《やは》り府川さんの方が好き。だけど、あんなに今迄通わせたんだから、このまま手放すのは惜しいと思って、少し取ってやろうと思ったのよ。そうしてね、五十円、縮緬の襦袢を買うのにくれって云ってやったの。だから来なくなったのだと思うのよ」

田山さんがちっとも見えないので、清川さんに訊いて見たら、清川さんはこんな事を云っていた。

「まあ、罪な人ね……」

そう云ったら、クスクス笑い乍《なが》ら、清川さんは煙草を口一ぱい吸い込んで、輪を吹き出していた。

「花魁根性！」妾《わたし》はそう思った。

「よこすまで、ぐんぐん攻めてやるつもりよ」

清川さんがお客の前に座った時と、こんなせりふを吐き出す時と、すっかり人相が違うようだ。恐ろしい顔！

田山さんは清川さんに随分通ったし、来る毎にお土産を欠かした事が無かった。おとなしい、よい人なものだから、清川さんの云うことは、なんでも聞いていたらしい。

近い中《うち》に外国へ転勤するとかで、その時はきっと身請《みうけ》する位の金は出来るから、そしたら自由な体にしてやるなどと、言っていたそうだ。若い人にありがちな、なんでも、安請合《やすうけあい》する性分だったらしい。

それにしても気の毒に……困っているのかも知れない。五十円の金策の為に……。

あんな人を苦しめて喜ぶ清川さんの気が知れない。

×月×日

客から手紙が随分来る。くだらないものを破り初めた。そこへ、おばさんが入って来た。

「何？　手紙破るの？　惜しいね、裏張りにするから妾《わたし》に下さいよ、おとし紙に使ってもいいじゃないの、方々から集めて随分たまったよ」と

ひと抱えもある紙束を持って出て行った。

「こんな風にされるのも知らず、これでも一生懸命書いて寄すんだから、男って馬鹿なものね」

と千代駒さんは笑っていた。

「手紙ってば、清川さん位手紙書く人はないわ、しょっちゅう書いているじゃないの、あんなに書いてあきないかしら、暇さえあれば書いているんだからね。あれでもこの頃は『妾を理解して下さい』なんて書くんだから、驚くじゃない

の、だけど、あんなに、商売に力を入るとお客も来なくっちゃならないんだけれど、あんまり来ないわね。どうしたんでしょう。きっと、

　クスクス笑いこけている。

「そりゃ、どうだかしらないけれど、矢張《やは》り花魁根性があるからじゃないかと思うわ、あんな風に露骨にされちゃ、誰だって、嫌《い》やになるからね」と云えば、

「そりゃそうだわ、春駒さんなんか、チットもそんな気がないわ、それだから却ってお客が付くんでしょう。けれど、妾の須田さんが、あなたの人のほら、村田さんが云っていたって、話したわ、妾、羨ましいワ」

　こう云って、千代駒さんはお腹を抱えている。そこへ清川さんが入って来た。

「どうしたのさ、随分面白い事でもあるようね、仲間入さして頂戴な」

と千代駒さんがからかった。そしたらすっかりつり込まれて、

「そうさ……誰もかも、そう云うのよ、けれど、そんなに、よかないでしょう」と平気で云っている。

千代駒さんは、相変らず笑い続けて、涙まで出して、妾の股《もも》を一生懸命つねっては、笑いこけている。

×月×日

今夜玉割《ぎょくわり》九円八十銭貰った。お決りの月賦は四円取られるし、仲どんと書記に払ったら、一円五十銭しか残らない。客に玉を踏まれた金が六円幾らか、おばさんに借金しているが、困ってしまった。この前の玉割の時には云訳《いいわけ》してこの次にと云《い》ったら嫌やな顔をしていたっけが、また今夜も云訳をしなければならない。

「困りますね、妾《わたし》もね、少し位の御祝儀の収入でやって行くんですからね、容易じゃないんですよ、少しでもいいから入れといて下さい、それに、あんた位客に玉をふまれる花魁はありませんよ、この頃になってなお更じゃありませんか。もう少し稼業に身を入れてくれなければ困りますよ」

と案の定怒り出した。癪《しゃく》に触ったから、髪結銭《かみゆいせん》に取っておいた一円五十銭を払ってしまった。これからはどんな不自由な思いをしても、この婆あだけには払ってしまおうと思う気になった。六円位の金、あったら叩き付けてやるんだけれど、そう思うと口惜《くやし》くなって来た。

客が上れば一口目には御祝儀を貰ってくれ何んて云うくせに……皆お金がない事を承知していながら……この間の客のときだってそうじゃないか、客は十五円出して之れでいい様にと云ったので、正宗の二合瓶六十五銭、それに、酢の物だってあんな物五十銭迄しないが、まあ五十銭と見て、それに、オシンコそんなものは五銭か十銭位な物だろう。妾はどうも変だと思ったから帳場へ行って見たら十円の玉しか付けてなかった。

玉　　十円
遊興税　　五十銭
御祝儀　　一円
酢の物とオシンコ　　一円二十五銭

だから全部で十二円七十五銭になる。妾はきっと二円はおつりを持って来るだろうと思っていたが、幾らたっても持って来ない。後でよく見たら皆御祝儀にしてあるので驚いた。妾は何にも云わないがいつでもこう云う事をする。あんな人情知らずな婆ありゃしない。

「春駒さん、この頃どうしたの、お馴染さんが少しも来ないじゃないの」なんて朋輩達に云れるのが愉快でたまらない。だもんだからおばさんの奴よけい妾を困らせ様とするんだろう。意地にもこれからは御祝儀なんか貰ってやるものか。

考えると妾程意気地の無いものはない。云ってやりたい事があっても、口に出して人の様にポンポン云えない。また妾の様に弱いものはないとつくづく思う。それにしても、自分では一文もお金は欲くはない。只あの婆にたたき付けてやりたいお金が六円ばかりほしい。

×月×日

鈴木さんが本を送って下さった。麻生久さんの『生きんとする群《むれ》』。
「これは、きっと貴女に、何物かを与えるでしょう。僕も多大の感動を受けました。法学士が淫売婦を妻にする所なんか、殊《こと》に、考えさせられました。麻生さんは帝大出でありながら、炭坑の坑夫になって、労働運動をやっている人だそうです。僕の尊敬する人です」
そして妾《わたし》の読後感を聞きたいと手紙に書いてある。
しかし、この忙しさでは見られそうもない。ゆうべは客を十二人取る。

×月×日

村田さんが、娼妓の収入の計算の事について訊いた。

「客から出す金、例えば、十円で遊んだとするね、そのうち、楼主が七円五十銭取ってしまうというが、それはどういう計算なのだろう。君、知っているだろうから教えてくれないか」

という。妾《わたし》も分らない。唯《ただ》そういうようになっている事だけを知っているばかり。

しかし、店を出して居るからには、それ位の利益は取らなければならないと云っている。それに、電灯、木炭《すみ》、部屋代、蒲団代等に遊興費の七割五分を取られるんだろう。そのうち雇人には遊興費の五分をくれる。

そしてもし、店の物、何一つでも客が壊した時には、その受持の娼妓が弁償する事になっている。

食費は、娼妓が廃業する時、一度に取るそうだから、自分等の持《もち》の訳である。

そんな事をいろいろ話した。すると、

「随分、楼主ってひどいね、そういう計算法は誰が決めたの、証文にそんな事が書いてあったのかい」と問う。

「いいえ、妾、証文を見たかったんですけれど、周旋屋《しゅうせんや》は妾に一度も見せなかったんです。計算の事なんかも、チッとも分りませんでした。唯、入ってから、こういう風に昔からなっているということだけ聞いたのです。ほんとうに、ひどいと思っていましたが、どうせ今騒いだって仕方がありませんもの、云う時が来たら、何もかも、素破抜く積《つもり》でいますワ」

村田さんも、自分の事の様に怒っていた。ほんとうに村田さんは、妾共の事を心配していて下さる。

×月×日

今朝、花魁達が、張店《はりみせ》で、銘々の借金帳を見てガヤガヤ騒いでいる。自分もそのそばへ行って見た。相変らず質屋の札の様にさっぱりわからない文字が書き並べてある。

「妾《わたし》、借金帳を見る度にがっかりしてしまうワ。この月は随分働いたけれど、割合に減らないのね、いつ見ても、ああよかったと思ったためしがないんだもの、嫌《い》やになってしまうワ、いつになったら借金が抜けるんだか分りゃしない」と一人の朋輩は愚痴をこぼしている。

「中々減らないものだよ、ここの親爺ったら、何とか、かんとか云っちゃ減らない様にするんだからね、それもいいけれどさ、妾のセルの着物とあの御召の単物《ひとえもの》だって古物なんだからね、震災の時死んだ花魁のだか何だかわからない様なものを押付けておいて、一枚三十円も四十円も取るんだからね、ひどいよ、ほんとに考えると馬鹿馬鹿しくなるけれど、こっちは借金しているからと思えばこそ黙っているんだけれど……馬鹿にしてるよ」

と皆でそんな事を話し合いながら覗いている。誰の顔にも暗い影が見える。

妾の目の前の借金帳には千三百円也とのみはっきり見える。妾のセルも夏の単物も皆古いのだが、それが幾らだか妾にはさっぱり分らない。どうせあの親爺のする事だもの、何をするか分りゃしない。

この頃は借金帳すらはっきり調べる事が面倒臭い。いまにどうにかなるだろう、と思う様になった。妾はそう考えると何故か自分で腹立しさを感ぜずにはいられなかった。

いつの間にか朋輩達の姿は張店に見えなくなった。ふと、上の方を見ると、中帳場の壁には先月の花魁の総稼高《かせぎだか》が張り出してある。

五六九　中将
五〇四　若葉
四二五　千鳥
四一四　小花
四〇八　春駒
三六七　清川

三四八	花里
三二五	若緑
二八八	新駒
二五〇	小緑
二〇五	三千歳
二〇二	緑
一一五	松島
九八	小万

×月×日

今夜、宵の内に初会の客が三人上った。小紫さん、花里さん、そして妾《わたし》。二時間の客なもんだから皆、ブウブウ云っている。それぞれ客を寝かせて妾の部屋へ集ってきた。

「春駒さん、本当に嫌《い》やになってしまうよ、たかが二時間位で、それも宵の口からさ、あの人に申訳がないワ、今夜来ると云っていたのに察しておくれよ」

花里さんは、今夜いい人が来るといって喜んで待っていた所へ、この突然の儲のないお客に先に来られたものだから怒っている。

「あんなものかまわないから、早く一ちょう蹴って、すぐ帰してしまった方がいいわ」

小紫さんもいまいましそうな顔付でそう云う。花里さんは直ぐ、

「ところが、仲々そううまく行かないのよ、初会の客はお金を出さずにうんと遊んで行こうって云うんだからね、それにあの人相じゃ、一寸帰りそうもないワ、嫌やになっちゃうわね」

といって火鉢の灰を無暗にかきまわしていた。

×月×日

家のお針さんが、主人から満足に給金を払って貰われないといってこぼしていた。花魁からは仕立賃を高く取っている癖に、お針さんには払わないのだから、酷《ひど》い親爺だ。

晩《おそ》く上った三人の客。前に三四度来た事のある人達。新らしく一人連れて来て、一銭も持っていないと云った。

中将さんと一座しているので相談した。明晩必ず持って来るからって云うし、株屋に居る人達だし、大丈夫らしいから貸そうと中将さんが云い出した。仕方がないからおばさんに借りて、二人で十五円立て替えてやった。

×月×日

昨晩貸したお客が今夜持って来ると思って待っていたが、遂に、姿を見せなかった。

また、ひっかかったと思うと口惜《くやし》くて堪らない。それもこれも中将さんが出そうと云うから、妾《わたし》も出してしまったのだ。後で持って来ないからって文句云ったって仕方がないが、貸したもので再び来たものは決してない。こんな自分等を苦しめるなんて……而《しか》も立派な株屋に働いているくせに、今度手紙で彼等の主人に云ってやろうかしら。

また、傷が出来たので見て貰った。外来の先生はすぐ休まなければ、今度の検査には危いと云う。

今日から床養生して店を休もう。またおばさんが嫌《い》やな顔をしている。生憎《あいに》く吉田さんが見えた。おばさんが、その事を告げると吉田さんは、床養生を承知で、どうするかと云う。

それでもと云う事も出来ないので出た。

矢張《やは》り駄目、男は体裁のいい事を云って、

誰でもそれで、満足に帰った事はない。

床養生でも、引込でも、絶体に駄目である。男の前に出ると、どうしたって、満足させてやらなければならない。

これでは幾ら床養生したって、傷なんか癒りっこはない。おばさんだって、こんな商売をして来たのだから、こんな事が分らない筈《はず》はないのに、全く知らん顔で、来さえすれば、何だかんだと云って引張り出すのだからひどい。

夜おそく小池さんも来る。是《これ》も、[redacted]といって、そして、後になって、

「ほんとうに済まなかった、大丈夫かい？」

などと、とぼけている。

×月　×日

益々悪くなった。外来へ行ったら先生にうんと叱られた。

「入院したいのなら、店へ出たっていいよ」

などと云われた。

誰が何と云おうが、今夜はきっと出まいと決心した。相変らず鬼が来た。おばさんが例の通り、

「床養生を承知だから……」と自分に出ろというような顔付で云う。凄いった

らない。

「先生に、危ないから出ない方がよい、と云われましたから、おばさんすみませんが帰して下さい。また名代買うなら買わせて下さい。誰でもよござんすから」と云った。そしたら、

「だから、それを宮本さんに話したんですよ、そしたら、嫌《い》や、なあに、僕今夜はそんな事で来たんじゃないから、唯《ただ》、今からもう帰れないから、唯寝せて貰いさえすればよいのだから、と云うのだから、上げたらよいでしょう。そして、断って、また他の楼《みせ》へでも行って遊ばれて、あっちへ馴染でも出来ると、あなたが損だから、ね、そうしなさいよ」

と半分おどかし乍《なが》ら云う。自分はこの婆、そんな事をよく知っているくせに、体裁のいい事をいやがって、一文でも多く儲ける算段だ、今度こそ誰が云う事を聞くものかと思いながら、

「でも、出ると、[redacted]よいと云う訳にも行きませんから、すみませんが、おばさん、断って下さいませんか、お願いですから……」ときっぱり云ってやった。

「じゃ、なんですか、あんた、寝ただけではすまされないからって、余程あんたもどうかしているよ、だからいちいちそう承諾させているんじゃありません

か、お客の方で、承諾しているんだから、かまわないじゃないの、あんたは義理が固すぎるんですよ、そんな事をしていちゃ商売になりませんよ、第一、だんだん悪くなるばかりだから、そして客の方で何とか云っても、おばさんに話して置いた通りなんですからって断ればいいじゃないの、客だって承諾の上じゃ無理も云われませんから、いいでしょう。玉《ぎょく》が儲かるのだから、そうしなさいよ」

と一人決めて、上げようとする。妾《わたし》はどうしても上げないつもりで、

「でも、おばさん済みませんが、今夜、それに気分が悪いんですから、お願いだから上げないで下さい。何だか今夜はお客を取るのが嫌やなんですから」

と云った。おばさんは、ムッとしたらしかったが、

「そう、じゃ仕方がない。他の花魁を出してもいいのね、今夜だけゆっくり休みなさいよ」

と文句を云い残して立ち去った。

もうどうなってもよい。どんな事があっても出るものか、と思った。

×月　×日

「随分人を馬鹿にしているじゃないか、その十五円って書付は、どこから引張

り出して来たのさ。この十五円はね、妾《わたし》がこの前に入院して手術した時に主人からたしかに借りたよ。だけどすぐ返してしまったじゃないか、その時に床番にすぐ帳面を消してくれってあれ程云ったのじゃないか、二重取に仕様ったってその手はくわないよ、一体誰に断って妾の印を捺《お》したのさ。馬鹿にしているのも程があるよ」

「そんなに怒らなくっても、静かに云えば分かるんですから、後で床番が来たら訊いて上げますよ、番頭の間違かも知んませんからね、番頭が忘れて帳面を消なかったんだかも知れませんよ」とおばさんは万竜さんをなだめている。それでも万竜さんは中々聞きそうにもない。

「冗談じゃないよ、他の事とは違うからね、幾ら番頭の間違とは云え、親爺も親爺じゃないか、払ったか払わない位分らないなんて事はないよ、金と来ちゃびた一文だって抜目のない親爺だもの、それでいて、取ることはよく忘れないや。床番なんかに印形あずけておけば何をされるか分りゃしない。皆も油断ならないよ、今迄だって何をごまかされていたか分りゃしない。人が黙っていりゃいい気になって……まだ宵のうちだから何にも云わないけれど、後で二階へ行ったら、床番の奴うんと、とっちめてやるから」

万竜さんは息をせきたてて、なおも怒りつづけている。

花魁達は万竜さんの今の出来事を聞いて、自分も今迄そんな事をされていたのかも知れないと云った様に急に不安になった。

「本当よ、これからも何をされるか分りゃしないよ、だから印は自分で持っていた方が確かだよ、今度から皆自分で持っている方がいいワ、借りもしないのに、ペタペタ印なんぞ捺されてたまるものか、馬鹿馬鹿しい……」と云って、皆ぶつぶつ怒り始めた。

一時は皆の憤りが恐ろしい程威勢をまして、どうなる事かしらと思っていたが、やがてまた、ほだ火がとろとろ消え失せる様に、あやしい沈黙にかえってしまった。そうして、妾の心にもはがゆい不安ばかりが続いた。

何と云う恐ろしい圧制だろう。そして何と云う意気地ない心持の妾達だ。

妾は重苦しい心のやり場と、どうにもならない腹立たしさに、むせび泣いた。

万竜さんの事でも、決してこれは番頭や床番のあやまちでない事は分りきっている。責任のない床番に印をあずけさせたことにして、実は主人の簞笥《たんす》に入れておく、何て体裁の良い事をする主人だろう。いつ何事が起っても、主人は印は床番があずかって置くので俺の知った事ではないと云い切るのだろう。ほんとに人を馬鹿にしている。

×月×日

妾《わたし》はどうしてこうなったのだろう？　と、また考え初めた。それは自分の無智にも原因している。自分さえ犠牲になればよい、と簡単に思ったからでもあるが、また、それは、周旋屋《しゅうせんや》に欺《だま》されたのにもよるであろう。

しかし、この頃の自分は、母が、妾をこうした運命の処へ旅立たせたとしか思われない。

妾はこの悲しい感想を悔いたい。

自分は母が、全然こうした廓の内容を知らないで、只、周旋屋に甘言で欺されたのだとのみ思っていた。

母上様、妾は幾度この苦しい運命を、貴い神の試煉であると、我と我が身を鞭打ったかも知れない。

しかし、ほんとに知らなかったのかしら？　自分は疑い初めた。

五十幾つにもなり、相当に苦労して来た母が、廓の事を少しも知らないなんという事があり得るだろうか、自分は不思議でならない。

相談が初まって、周旋屋に逢った時の母の云った言葉を思い出す。

「周旋屋は云うがね、あそこは騒いで遊んでいりゃいいんだそうだから、それに二年位で帰れるそうだよ、いくら運が悪くても、三年も立てば帰れるそうだから、辛抱して早く帰って来てね……」

それが、ほんとうの母の心かしら。例えどんなにお人よしで、世間見ずの母であるとしても……それは信じられない。

もし母が、自分では廓というものがどんなものであるかを、よく知っていながら、自分をこうした苦しみのドン底に陥《おとし》いれたとすれば、母を恨まずにはいられない。自分さえ犠牲になればよいと思った事が、無駄だったような気がする。無駄であったばかりでなく、自分をこんなに苦しめ、そして兄はその為に却ってより不身持《ふみもち》になった。

だけれど、こんな事を云っては母にすまない。もし、こうした考えを日記に書いている事を知ったら……。

もうそんな事は考えまい。これこそ皆、運命の神の悪戯《いたずら》とでも云うのであろう。自分さえ諦めてしまえば、それでいいのだから。

×月×日

昨日の事で、昨夜から考え通しだ。

諦める！　諦める！　自分にそんな事が出来るかしら？　どうしても諦める事が出来ない。

人間が諦める事によって、人間の自由がどれほど奪われた事やら……それは村田さんの言葉だけれど……国の牧師さんは、自分の境遇に諦めろと仰有《おつしや》ったが。

妾《わたし》達がこんなに苦しんで、あえいで、そして諦める。妾は考えなければならない。

また考えは母に行った。

たとえ自分がどんなに困っても、また死ぬ程苦しくても、自分の可愛い子供を売って迄も……。

自分は、人間は浅ましいものだと思う。愛だとか、何だとか云っても、いざとなれば、その醜い本能を出してしまうのではないか？

母性愛！　妾は泌々《しみじみ》と母の貴い愛に感じた。

しかし、そうした母性愛の発露は、「よい境遇」があってからではないか。

自分は淋しくなる。人間が嫌《い》やになる。

孤独！　孤独！　ああ、淋しい。

然《しか》しこの淋しさから、妾は新らしく生れ出ねばならないのだ。

×月×日

「春駒さん、妾御願いがあるんだけれど……春駒さん聴いてくれて？」

千代駒さんは何となくためらって、恥ずかしそうに妾《わたし》の顔を見ている。

「なあに？」

「妾ね、二三日前から云おう云おうと思っていたんだけれど……」

「なあに？　云わなければ解らないじゃありませんか」妾は少しじれったそうに云った。

「きっと？……」

「ええ、妾に出来る事なら何でも……」と云えば、千代駒さんは思いきったという様なこなしで、

「じゃ妾云うけれども、あの……四五日ばかり前に春駒さんにお連れ初会を貰ったわね、多分池田××とか云う人ね、妾あの人ね、恥ずかしい話だけど、帰る時別に何とも思ってはしなかったのよ。だけど後になって何となくあの人に惹付けられる様な気がしてね、他の事を考えようと思ってもいつとはなしに、あの人がこびり付いて来るような気がして仕方がないのよ、それでね、妾、春駒さんの人にもう一度連れて来て貰おうと思っているんだけれども……それにあの人がね、この間初めて逢った時に『今度来て下さる？』と訊いたら『僕、今度いつ来られるか、来られないか分らないけれど、来られたら来る』何て云

っているんでしょう。妾ね、もう一度逢って御話したいと思うのよ、御願ですから、今夜でも明朝でもいいから、一緒に連れて来る様に電話かけて下さらない？　ねー、春駒さん」

千代駒さんは云い終ってせいせいしたとでも云うようにニッコリ笑った。

妾も暫《しばら》く笑いながら聴いていたが、所在なさに、襟をかき合せた。そう云えばこの間あの人を送り出す時の千代駒さんの顔は、いつにない晴れやかさであり機嫌もよかった。それにあの人の勤め先迄訊いていたから、妾は余程千代駒さんはあの人が気に入ったらしいと思っていたが、やっぱりそうだった。

「えエ、いいわ、妾の人ね、今度の土曜日にはまた三人して来ると云っていたから、きっと、千代駒さんの人だって来るヮ、来ない事はないヮ、今度来なかったら松原さんに無理に連れて来て貰うからいい事よ、道理で、この間池田さんを送り出す時の顔ってありゃしなかったヮ」と云った。千代駒さんは嬉しさの中にも何となくきまりが悪そうな嬌態《きょうたい》を見せて、

「いやよ、そんな事云っては……、妾ね、あの時に云おうと思ったのよ、だけど、初めて逢ったばかりなのに、すぐ云うなんて余り変だと思って」と千代駒さんは、やっと重荷をおろしたように云った。

「誰だって好きな人にはね、……同じですもの、兎に角、妾今晩松原さんの所

へ電話をかけて見るワ」と云った。千代駒さんは真面目にきいていたが、円い二つの眸《ひとみ》が感謝の光に輝いていた。

池田さんは四五日前に妾の人と清川さんの下村さんの二人が、始めて連れて来たので、何でも妾の松原さんとは中学時代からの友達だったそうで今、××銀行へ勤めているのであった。口かずの少ない男らしい男であった。そして、小ざっぱりとした油じみないオールバックの髪や、格好のよい洋服の着こなしなどが、若い女性達の心をそそるかの様に思われた。

妾は朋輩達の誰よりも千代駒さんと仲がよかった。勿論《もちろん》誰にも話さない秘密まで妾には話してくれた。妾は云うまでもなく、自分の客が来ないまでも千代駒さんと池田さんとはどんな事をしても逢わせてやりたいと思ったので、早速妾の客の所へ電話を掛けた。ところが今度の土曜日にはきっと三人で行くという事が伝えられたので、千代駒さんに、

「妾ね今松原さんの所へ電話を掛けたのよ、そしたら土曜日にはきっと池田さんも来るって云ってたワ、ですから大丈夫よ、きっと来るワ」と云うと、千代駒さんは指折りかぞえて待っている様な様子を押し隠すかのように、

「そう？　どうも有難う」と云っただけであったが、池田さんの事について何かしら云いたさそうに見えた。その後千代駒さんは一日として、池田さんの事

を口にしない日はなかった。煩さい程「早く明日になればいいなあ」と一人言の様に云っていた。

いよいよ三人が来る土曜日の夜になった。いつも化粧部屋に残っている千代駒さんが今夜に限って誰よりも早く化粧をすませて妾に「早く早く」とせきたてている。朋輩からも「まあ、珍らしい」と云われたが、そんな言葉は耳にも入れず、誰が見ても何か嬉しい事があるのだろうと思われるくらい、何とも云えない喜ばしそうな色を顔に浮かべながら、しかけを持って自分の部屋へ行ったようだった。

妾は千代駒さんがあれ迄にして池田さんを待っている事を考えると、果して来てくれるかどうかを心配せずにはいられなかった。もし都合で来られないような事でも出来たら、今迄待ちに待っていた千代駒さんの心はどんなだろう、と、そんな事迄心配しはじめた。間もなく妾も化粧がすんで部屋へ行くとしかけがあったのでこれも千代駒さんが持って来てくれたのだと思った。余り千代駒さんが妾にばかり言葉をかけるので、清川さんは感情を害している様であった。清川さんの顔には、三人で一座なんだもの、妾一人仲間はずれにしなくもよいわと云ったような色が見えた。常に三人は仲がよくて朋輩達にも三人組と云われているくらいであったが、その内にも千代駒さんと妾は清川さんに内緒で何事でも話し合っているので、清川さん一人の為にいつも三人の仲はもめていた。妾も常に千代駒さん程清川さんには慕わしさを感じていなかった。

また千代駒さんも清川さんに対しては、それ程にも思っていないらしかった。清川さんの下村さんも妾の松原さんが二度目に連れて来た人であった。また、清川さんは常に初会の客でも、一寸見た様な人であると、馴染でなくも、自分の馴染のように帳場へ通して仕舞う事が度々あるので朋輩達にも嫌われていたし、今度の下村さんにも、自分で見た様な人だと云うので出したら、そうではなかった。けれど出て仕舞ってから帰す訳には行かないので出て貰った様な訳で、下村さんは全然知らないと云っている。

妾は仕度をして仕舞ったので、張店《はりみせ》へ行くと、もう千代駒さんは先に来て姿見の前に立って一生懸命髪をなおしたりしている。妾が入って行くと、今日は池田さんが来るもんだからいつもと違って鏡ばかり見ていると思われやしないか、と思ったのか、そんな事を悟られまいとして、

「春駒さん、妾の髪何だか変でしょう」と云って、ごまかして仕舞った。妾もそうとは知っていたが、

「いいえ、そんなでもないヮ」と云って言葉を合せた。やがて店が付いたが、千代駒さんは相変らず落付かない様子だった。常には鏡にもより付かないあの

千代駒さんが、今夜に限って鏡に向ってしっきりなしに顔をなおしたり、髪をいじったり、襟を合せたりしている。そばで見ていてもお可笑《かし》くなるようだった。そしてあんなに客の選り嫌いする千代駒さんが、池田さんに対しては、少しでもみにくい所を隠くそうと鏡にむかって一生懸命なおしている後姿が小憎らしい程いたいたしかった。そんな様子なので他からもよく分ると見えて一人の朋輩が、

「千代駒さん、今夜は馬鹿に鏡ばかり見ているのねエ、妾知ってるワ、千代駒さんの一番すきな人が来るのよ」と云えば、千代駒さんは、隠しきれない喜びを現わしながら、見ている内に顔を紅に染めた。

暫くして、やがて待ちに待っていた三人が上った。千代駒さんは、恥ずかしがって中々引付《ひきつけ》へ入ろうともしないので無理に引っぱり込んだ。清川さんは相変らず怒り顔をしている。妾の松原さんと池田さんはいつものように洋服だった。清川さんの人だけは和服で、袴をはいていた。すると松原さんは、

「さア約束通りやって来たよ」と笑いながら千代駒さんの方へ向いた。千代駒さんは、

「どうもすみません」と相変らず恥ずかしそうに下をむいている。電話で御話した事を松原さんは池田さんに話したらしく、池田さんもきまり悪そうに火鉢

にあたって時々上目で皆を見廻していた。それからすぐ遊興費をきめて妾の部屋へ皆で行ってお茶を飲み始めた。清川さんの人は、まるまるふとったおとなしい人で女らしい口のきき方をする人であった。そしてこの人も余りこう云う所になれている人ではなかった。松原さんは一寸やせがたのせいの高い一番頑固らしい顔をして一人で冗談を云っては皆を笑わせている。

「僕だって千代ちゃんのためには約束をまもったんだもの、よっぽど報酬を貰わなければ」なぞと冗談口をきく。するとそばに聴いていた下村さんはようよう口をひらいて、

「だけどこの三組の中で一番千代駒さんと池田君が幸福だと思うね、僕は……」とにこにこしている。池田さんは黙って皆の話を聴いていたが、下村さんの言葉にそそのかされた様に、

「そんな事はないよ君」と打ち消すように云った。松原さんはまた、

「そうだとも、よろしくやってくれ給え」と言葉をついだ。そばにいる千代駒さんも、さも満足そうに笑っている。松原さんが余り千代駒さんの事のみほめるので、少しは清川さんにも言葉をかけてくれればいいと思って、それとなく目くばせしたが、松原さんはねっからそんな事には頓着なく話を続けている。

その内松原さんは、

「さあ、もう少し話したら帰らなければならないのだから、銘々部屋へ行って恋物語でも何がたりでもしてくれ給え」と云って、

「僕は今夜も宵の月か、有難くないね……千代ちゃんも池田君に宵の月なんか教えてはいけないよ」と云えば千代駒さんは、

「大丈夫よ、池田さんにだけはね」と池田さんに寄り添った。松原さんは、

「千代ちゃんはひどいね……そんな所を見せつけて、いまに僕だって復讐してやるぞ」と云って笑い乍《なが》ら立上った。清川さんと下村さんは先刻《さっき》から何か話をしているようであったが、松原さんが起つと一緒に起って部屋へ行った。やがて池田さんたち二人も起って、

「では御ゆっくりねエ」

二人はさも嬉しそうに妾の部屋から出て行った。妾はそうした二人の後姿を見て自分の事のように嬉しく思った。松原さんは厠《かわや》へでも行って来たらしく、再び火鉢の前に座って煙草をすいはじめた。皆が行って仕舞うと部屋の中は嵐の後の様に淋しい静けさにかえった。暫く二人の間には沈黙が続いた。火鉢にはお湯の入っていない鉄瓶がボコボコと音を立ててかかっているのに気が付いたので水をさした。

「清川と云う女は実に不愉快な女だね……いつも僕達と逢うとつまらなさそう

な沈んでいるような、はきはきしない変な女だね」と面白くなさそうな顔して松原さんは云った。

「えエ何か気に入らない事があるのでしょう。それにあなたが千代駒さんの事ばかりほめているものだから面白くないんでしょう。妾もそばできいていて、清川さんにも言葉をかけてくれればいいのにと思っていたけれど……」

「僕は泣いて、人の感情をそそる様な、そんな陰気臭い女は大嫌いだ」

松原さんは少し興奮したように云った。話はまた千代駒さんの上に走った。

妾は松原さんに、池田さんの千代駒さんに対する心を訊こうと思ったので、

「妾がこの間の夜、電話をかけた事をすぐ池田さんに御話したんでしょう？」

「うン、あの晩すぐ電話をかけたんだ、丁度池田君は宿直だったもんだから
……」

松原さんは何か面白い事でもあったかのように一人で笑った。

「話したら何と云って？」と訊くと、松原さんは何か考えていたようだったが、

「うン、実は君から電話が掛って来た時に随分考えたんだ、今だから話すけれども……」と松原さんは話し始めた。その話によると、こうだった。

松原さんと池田さんとは小さい時からのお友達で、二人は親類の様に行ったり来たりして、御互に分らない事があると相談し合う仲だった。今度の事につ

いても、昔から遊女なんてものは心が許しがたいので、もし間違でもあると、自分も友人として困るし、その上池田さんの家からも「松原さんが家の息子を道楽者にした」等と云われるのが心苦しいので随分考えた。けれど人間として、また、まして若い者には当然である。また、千代駒さんも訳の分らない女ではない事を知っているので、そういう事も一度くらい経験上いいだろうと思ったので池田さんに話たんだどのこと。

「まあ何でもいいさ、若い内だもの」と云って松原さんは煙草に火をつけた。

「そしたら池田さんは何と云って？」とまた妾は訊いた。

「そりゃ若いもんだもの、女からそう云われて悪い気持はしないさ」

妾は松原さんからそう聞くと、ふと今頃千代駒さんはいいなあ、好きな人となどと想像した。するとそれに引かえて妾はたまらなく悲哀を感じて来た、淋しくなって来た。何物か満たされないような気がしてならない。松原さんは相変らず頑固そうな顔をして雑誌を読んでいる。もしこの人が自分の恋人であったならどんなに幸福かしら、なぞとそんな事を考えると、いら立たずにはいられなかった。

「あア、つまらない！」と思わず口走って仕舞った、と同時にああそうだった、お客の前でこんな事を云うのではなかった、と思ったけれど間に合わない。松

原さんはそれを聞き付けると本から目を離して、

「どうしてつまらない？　僕がいるからだろう」と変な顔をして云った。

「そうじゃないのよ、妾達の前途を考えたら世の中に生きているのが嫌《い》やになって仕舞ったんですもの……」と云ってまぎらせて仕舞った。

「誰だって人間と云うものを深く考えれば嫌やになって仕舞うさ、だけど君の様な商売は比較的その……楽観的に暮さなければ損だよ」

と云って呑気《のんき》そうに笑った。妾は客なんてものはすぐ一口に商売人と口にするけれども、そんな事を考えると口惜《くやし》くなって来たので、

「松原さんなんか、一口に商売人は楽観的になんていうけれど、それは意気地ない諦めよ、妾は他の人のように、こんな商売だから仕方がないとあきらめて呑気にやって行こうなんてことはとても出来ないワ、松原さんのように、そんな風に考えていれば、どこへ行ったって間違いはないわね、……それに、妾は陽気と云う事はきらいだし、勿論楽観的になんかなっていられない性質なんですもの、諦めでなく、もっと積極的な生き方をしたいの」所へ廊下の方で足音がして来たかと思うと千代駒さんだった。

「御仕度出来て？　もう池田さんは今夜は早く帰らなければならないと云って仕度をして待っているのよ」と声をかけた。

「そう、千代駒さん、一寸御入んなさいよ」

「えエ有難う、じゃ一緒に連れて来るわ、待っててね」と云って部屋の方へ行ったが、彼女の足音は躍るように廊下をすべった。妾は今度清川さんの方へ声をかけて、

「池田さんはもう御仕度が出来たのですって……下村さんは？」清川さんは小さい声で、

「そう、今仕度をしているワ」千代駒さんと池田さんが妾の部屋へ入って来た。いきなり松原さんは笑いながら、

「千代ちゃんおたのしみ！」と云った。そう云われると千代駒さんは袂で顔をおさえて、

「いやアよ、松原さん、そんな事を云っては」少し過《た》って千代駒さんは、

「松原さん、今晩どうしても帰らなければならないの？　どうしても……妾、池田さんを帰さないわ」と体を横にふりながら帰したくなさそうな様子だった。

「いけないよ、千代ちゃん、今夜はどうしても帰らなけりゃ、僕が困るよ、その代り今度の土曜日には宿《とま》るから、ねェ、千代ちゃん、きっとこの次に宿るよ」と慰める様に答えた。

「じゃこの次はきっとね、お待しているワ」

千代駒さんは何となく諦らめかねているようだったが、松原さんにそう云われたので仕方がないと云ったような不満足そうな顔をした。そうして三人はおばさんと妾達に送られて帰っていった。千代駒さんは淋しそうに考えている様であったが、

「春駒さんと清川さん、妾の部屋へ行きましょう？」

と云った。三人は一緒に梯子段を上って、千代駒さんの部屋へ入って火鉢の前に座った。千代駒さんは語り始めた。

「妾も今迄随分お客をとったけれど池田さんのような方に逢った事はなかったワ、またあんなに印象深く感じた人は初めてだワ、妾ね、池田さんのような男らしい人は少ないと思うワ、妾に対しても、……それに云う事がすきなのよ、妾もこんな気質でしょう、だから普通の男のように何でも女の云う事をいちいち聞いている男らしくない男は大嫌いよ。それが池田さんはそうじゃないのよ、ほんとうに純だわ、何でも悪い事は悪いと云うし、いい事はいいと云うんですもの、それで少しも言葉に飾りがなくてね」と云いながら千代駒さんは、今御別れした時の事に想像を走せているらしく瞳を輝かせながら微笑を浮べている。

妾は千代駒さんがさしてくれたお茶を一息に飲みほして、

「ほんとうに千代駒さんは幸福だと思うワ、それに引かえて妾の松原さんと云

えば、あんなさっぱりしている人もないワ、またあんなでもつまんないわね
エ」と相槌を打った。

「ほんとに松原さんのような人を木で鼻をかんだような人って云うんだワ、だけど春駒さん、なまじっか男に惚れるものではないワ、随分苦るしいもの、やはり、さっぱりしている人の方が間違がなくていいワ」と云う。清川さんは相変らず黙って煙草を吹かしている。千代駒さんと妾は顔を見合せて一緒に清川さんの方へむいた。そして千代駒さんは、

「清川さん、あなた何が気に入らなくて、先刻から黙っているの？　あなた一人の為にあの人達にも気持を悪くさせるじゃないの、そりゃ妾や春駒さんの前だけならいいわよ、それが一座していつもそんな顔をされると迷惑するワ、何が気に入らないか云ったらいいじゃないの？……」

「別に妾、何でもないわ」

清川さんはそう云ってはいるが、何かしら怒っているらしい。

「妾お先へ失礼するわ、御馳走様」と清川さんは階段を降りて行った。

「ほんとに好かないっちゃありゃしない。三人は随分仲よくしているけれど、妾はあの人の心だけはどうしても分らない、あんな人はないわねエ、こんなに仲よくしていてね、一座するでしょう、すると自分のお客にね、『今度来る時

は一人で入らっしゃいね、他の人を連れて来ると自分勝手な事が出来ないから』って客に云うんですとさ、そんな人だもの、大てい腹は分っていらァね」

千代駒さんはそう云って笑っている。

「どうしてああ云う人だろう。だからそんな人はその様につき合っていればいいじゃないの……」と妾はそう云った。千代駒さんは何か他の事を思出した様に一人で笑っている。

「だけど春駒さん、人間と云うものはおかしいもんだわねエ、妾つくづく考えたわ……」

「何を？……」

「誰でもそうかしら……少しでも愛している人に対してはまるっきり……あの初心《うぶ》になるもんだわネ。妾、池田さんと御話をしている時の事を考えると面白くて仕方がないワ、きっと誰だってそうだろうと妾は思うワ、ほんとうにお金が自由になりさえすれば、毎晩池田さんを呼ぶんだけれども……」

千代駒さんは頻《しきり》に首をひねって考えている。暫くして、

「おばさんに愚図愚図《ぐずぐず》云われないうちに、張店へ行きましょうよ」と云って二人は階段を降りた。遣手《やりて》部屋ではおばさんが、今迄何を愚図愚図していたんだろうと云わんばかりの顔をして、二人の後姿を見つめていた。千代駒さんは張

店へ行ってからも、

「明日が土曜日だといいんだけれども……」

なぞと云っては考え込んでいた。十一時過ぎ千代駒さんの客が上った。千代駒さんは嫌や嫌や乍ら上って行った。あの千代駒さんが他の客に対する態度が想像される。

×月×日

土曜日の晩、遅く三人は約束通りやって来た。三人共洋服だった。千代駒さんは前とは違って今度は自分から進んで口をきき始めた。

「随分遅かったわネ、ひとが宵の内から待っているのに……。またカフェーでもよって来たんでしょう。そのお尻はみんな松原さんの所へもって行くわよ、白状しなさいよ」

と千代駒さんは松原さんをにらめる様に云った。

「そうがみがみ云うなよ、千代ちゃんの可愛い池田君なんか、そんな所へ連れて行きやしないよ、これでも今夜は来られないと思ったんだけれども、やっと都合して来たんじゃないか。親爺の眼は光っているしさ、容易な苦心をして来たんじゃないんだぞ、なあ……」

と松原さんは他の二人を見返えりながら云った。下村さんは相変らずニヤニヤ笑っている。

「だってもう十一時とっくに過ぎているじゃないの」

「そんな事を云って怒ったたって、今夜は宿《とま》れないのを無理に三人で親に偽って迄も来たんだよ、今迄遊びに行っても宿ったなんて事は一度だってないんだからね、僕の親爺はああ云う人だからきっと、『どこへ行って来た』と訊くから下村君の家へ行って遅くなったから宿ったと云うし、下村君だって、池田君だって同じさ。そんな偽《うそ》を云って迄も千代ちゃんの為に来てやったんだもの、その松原様々に御礼を申さんか。アハッハッハッ！　まあその御礼は後にして今晩はもう遅いから、部屋へ行ってからゆっくり話をしたらいいだろう。千代ちゃん、今晩は一晩中寝かせないぞ、池田君も明朝銀行へ行ってから居眠りをしながら算盤《そろばん》をパチパチはじくんだろう、まアゆっくり」

三組に別れ別れになって部屋に姿を消した。千代駒さんは如何《いか》にも嬉しそうに池田さんの手をとって部屋へ入った。妾《わたし》は部屋へ入ると直ぐ松原さんと火鉢の前に座った。

「僕は今夜は少し用があって来られなかったんだが……実は今夜来ないで、二人だけで来てもらおうと思ったけれど、二人だけ来て僕一人来ないなんと云うと、君が感情を害すると思ってね、どうせ僕の様な男が一人二人位来なくったって困りゃしないだろうけれども、ねネ、約束だけは守って来た訳なんだよ」なんて嫌味たらしい事を云っている。妾は松原さんの気質を知っているから別に気にも止めなかった。お茶を飲んでしまうと松原さんは、

「君、他に客があったら行って来給え、僕は四五日寝ないで疲れているから、静かに寝かしてもらいたいのだ」と云って蒲団の中へもぐり込んだ。妾は別に行く所もないので本を読んでいた。

所へ千代駒さんが顔をしかめ乍《なが》ら入って来た。

「妾困っちゃったワ、春駒さん……あらもう松原さん御寝《やす》みになったの？」

彼女は松原さんの方を振向いて云った。

「どうしたの？」

「だってネ、お客の奴、一度に二人も上ってしまってさ、妾どうしようかしらと思って……ほんとにじれったくなっちゃうね、こんな時に限って」

「仕方がないワ、一度行っておけば後はどうでもいいじゃないの」

「じゃ妾仕方がないからそうするワ、意地が悪いものネ、嫌になってしまうワ」

千代駒さんは今にも泣き出しそうな顔をして出て行った。こんな時に彼女の

所へ来たお客こそ災難だと悪うと、可笑《おかし》くもなった。松原さんは大きな鼾《いびき》をかいて、正体もなく寝込んでいる。それから妾は遣手《やりて》部屋で暫《しばら》く遊んでいた。引け一寸前に初会の客一人。

×月×日

朝眼が覚めると、三人は皆清川さんの部屋で騒いでいるらしい。妾《わたし》は直ぐ起きて引け前に上った客に顔を洗わせて帰してから、清川さんの部屋へ行くと、清川さんも、千代駒さんも他の客の所へ行っているのか見えない。池田さんも松原さんも、下村さんの床の中へ入って話をしていた。その中《うち》千代駒さんが飛び込んで来た。

「皆さん、昨晩は失礼！……」

「いや、僕こそ失礼したたね。ゆうべは眠くってね、此奴《こいつ》が来たか、来ないのかも知らないで今朝迄ぐっすり寝てしまった。どうせ此奴の事だから宵の月さ」

松原さんは敷島を吸いながら火鉢の前に座った。

「僕だってゆうべは宵の月だったよ」

と下村さんはあっけなく笑った。そこへ番頭が来て、

「池田さんて方の家の方が来て、一寸用があるから呼んで来て貰いたいと云っ

て来ましたよ」

「ええッ」

池田さんはそれを聞くと驚いて飛び起きた。今まで面白そうに話をしていた頭《かお》が急に真青《まっさお》になってぶるぶる慄《ふる》え出した。皆はまるで狐にでもつまれた様な顔して狼狽し始めた。

「幾歳《いくつ》位の人ですか？　そしてどんな風をしていますか」と松原さんは訊いた。

「もう五十近い方ですね、一寸眼が悪い様だと思いましたが……洋服ですよ」

「いヤ僕のお父さんだ。困ったなア……こんな所へ来られちゃ……一層の事来ないと言おうか？」

池田さんは困ったらしい頭をして、何かいい工夫はないものかと頻《しきり》に考えている。

「池田さんのお父さん入らっしったの？……」

千代駒さんはさも心配そうに、池田さんの顔を覗き込んだ。

「もう知っていて、尋ねて入らっしたんでしょうから、直ぐ帰りますとでも云っておきましょうか」

番頭は部屋の中を覗いて云《い》った。

「僕、お父さんに逢うのは嫌やだから、そう云っておいて下さい」と池田さんは頭を掻きながら云った。

「すっかり露見《ばれ》ちゃって困ったなア……、どうして此楼《ここ》が知れたんだろう？　第一僕が一番悪者になってしまったなア……」

と云って松原さんはつんつるてんの寝巻着を着替え様ともしないで立っている。

「きっとネ、千代ちゃんの手紙を机の中に入れて置いたから、それを引張り出して見たんだと思うんだ、さもなけりゃ……」

「あら、妾の手紙をそんな見られやすい所へおいて……困ったわネ、妾どうしたらいいでしょう、もしそうだとしたら？　妾の為に……」

と千代駒さんは力なさそうに呟いた。所へまた番頭が上って来た。

「そう云ったのですが、どうしても待っていて、一緒に帰るからと仰有《おつしや》っていますよ」

「とうとう引張って行かれるんかな、僕はお父さんに顔を見られるのが嫌やだなア……」

池田さんはしぶしぶ起《たち》上った。続いて下村さんも起った。

「もう僕は当分君の家へ足踏みは出来ないなア、どこへ行くにも、いつも僕が誘い出すんだからね、きっと君のお父さんは僕が連れて来たとしか思やしないよ、とにかく仕度をしようじゃないか」

と、松原さんは云った。池田さんは呆《ぼん》やり立って何か考えていたようだったが急に、

「千代ちゃん、僕はね、もうこれっきり来られないかも知れないからね、悪く思わないでネ」と淋しそうに千代駒さんに云った。

「どうして？」

彼女はそう云ったきり下をむいてしまった。

「僕が来ないからと云っても、きっと他の楼《みせ》へなんか行きやしないよ、他へ行く位なら、千代ちゃんの所へ来るよ」

「随分あなたも諦めがいいのねエ」

彼女は池田さんの顔を恨めしそうに見つめて云った。

「とにかく部屋迄一寸来て下さいませんか」

千代駒さんは何か決心したかの様な顔付だった。

松原さんと下村さんは、すっかり仕度をすませ、火鉢の前に座って、二人の来るのを待っていた。

「ああ、宿《とま》らなければよかったなア！」

松原さんは今更後悔したらしく溜め息をついた。

「それに、池田君のお父さんだって、若い時にさんざやったんだそうだね、だ

が今はお母さんもお父さんも実に厳格なんだからね、だから池田君はお父さんより、お母さんの方が怖いって云ってるよ、そりゃ池田君のお父さんだってそこへ行っちゃ苦労人だよ、池田君がこんな所へ来たからって心じゃきっと理解しているよ、さんざやったんだもの、だからと云って親としてなあ……やっぱり……」

と松原さんは頻に下村さんと話している所へ二人が入って来た。

「皆さん御待どう様」

二人は何となく萎《しお》れている。

「さア帰ろう」池田さんは急に元気らしくそう云った。男ってなんてさっぱりしているんだろう。妾はそう思うとそばに沈んでいる千代駒さんが可哀そうで仕方がなかった。

皆は一度に起上って部屋から出た。そうして誰も彼もが皆沈んでいる様子を廊下を通る朋輩達は、不思議そうに見ている。

「妾は下迄行かないから皆さんどうぞ」

皆が梯子段を下りかけた時千代駒さんはそう云って送り出さなかった。

妾と清川さんだけが三人を送り出した。三人が角海老あたりへ行ったと思う頃、妾は再び出て見た。池田さんのお父さんらしい人は二三歩先へ大門の方へ歩いて行った。その後から三人は何か話をしながらついて行った。

妾は引かえして直ぐ千代駒さんの部屋へ行った。彼女は火鉢にうつ伏して考え込んでいる様だった。

「どうしたの？　千代駒さん……」

彼女は泣いていた。妾は何と云って慰めてよいか分らず、ポツネンと座っていた。暫《しばら》くすると彼女は泣きはらした顔を上げて、

「春駒さん、もう池田さんは来られないんですって……やっぱり客は客だわネ」

彼女は涙をふきながら嘲《あざ》ける様に笑った。

が、彼女のそうした言葉には何となく淋しさが含まれていた。

「つくづく思うワ、こんな所へ来る客なんか決して愛するもんじゃないワ、あの人だってね、こんな所の女だと思うから、すぐ諦められるんだわよ、ああつまらないねエ人間は……妾が素人だったらね……だけど、妾はどう思っても、池田さんだけは諦める事が出来ないワ、あの、池田さんが来ないといっても妾はきっと、もう一度呼んでやるワ、そうして妾のお腹の中に思っている事をすっかり云ってから別れるワ、このままじゃ別れられないワ、きっと呼んでやるから……」

千代駒さんは、気狂のように口走りながらまたおいおいと泣き始めた。妾はどうしようもなかった。

「千代駒さん、そんなに考えたって仕方がないワ、幾らそう云って帰ったってきっと池田さんは、またいらっしゃるワ」

妾は宥《なだ》めるようにそう云った。

「本当に、あっけなかったわねエ、二人は……」

千代駒さんは、火鉢の中をいつまでも見つめていたが、

「春駒さん、妾ね、生れて始めてよ、男の為になんか泣いたのは……本当の悲しさを味わったのは今始めてだワ、だけど妾は、何て意気地のない妾になったんだろう……自分乍《なが》ら呆れてしまうワ」と彼女は淋しそうに笑った。

「皆お掃除するんですよ」とおばさんの足音を聞くと二人は仕方なく立上った。

脱出記

×月×日

今日だ、今日だ、今日より外《ほか》に自分のこの運命の絆を断つ日はない。

自分を虐げた、あらゆるものに対する復讐の首途《かどで》の日。

こう思うと妾《わたし》は、自分乍《なが》ら驚く程の緊張さが込み上げて来た。

神はきっと自分を守って下さるに違いない。十八本の注射も今日で終り、もし今日打ってしまえば、もう一人で病院へは行かれない。皆と一緒ではどうしても逃げる事は出来ない。

今日一本の注射は自分の運命を左右するもののよう。宵から降り続けている雨も上ったらしい。これでは病院へ俥《くるま》で行く必要もない。

すべて都合がよい、きっと神様が守っていて下さるのだ。

しかし「逃れ出る!」考えただけでも恐ろしい。もし失敗したら……もうその時こそ今迄の覚悟を果すまでの事、だが、そんな事を考えていてどうする? 失敗なんかするものか、死んでも出て見せる。彼等に対する常平素《つねへいそ》の憎しみの感情を強いて呼び起して自分の元気を付けた。死ねばいいのだ。死の勝利!……

昨夜より一睡もしない。四時にお風呂に入った。お化粧も終った。何から何迄今日は見納めの日かと思うと感慨無量とでも云うのか、何を見ても心を強く打つ。込み上げて来る気持をじっとおさえる。

朋輩の人々に黙って出るのは当り前だが、ただ千代駒さんと弥生さんにだけは、唯《ただ》の一言でも？……矢張《やは》りそれも出来ない。蔭ながらの御別れでも、と、

「千代駒さん、妾、なんだか今日は悲しくて仕方がないのよ」

お化粧の時、こう云った。それは妾のほんとうの気持であり、また、彼女への御別れの言葉なのであった。

「どうして？　変な事を云うのね、春駒さんは……」

千代駒さんは白粉《おしろい》の刷毛を持ったまま妾の方へ向いた。妾の瞳は彼女の愛らしい瞳に対して永い永いお別れを告げた。

これでこの人とも永久にお別れになるかも知れない。いや、なるのだ。たとえ不運にして連れ戻されても、その時は生きた妾ではない。

生きているとしても、此楼《ここ》へは帰って来ない自分だ。

千代駒さん！　さようなら！　御機嫌よう。あなたには随分お世話になった。喜びにつけ、悲しいにつけ、二人は一緒だった。また一人苦しい時も二人で分けて苦しんだわネ。妾にはなければならないあなただった。あなたとは死まで誓った。それだのに妾は今一人で逃れ出るのだ。あなたはきっと妾を責めるであろう、恨むにちがいない、義理人情知らずの、人でなしと罵るかも知れない。

それは心からお詫びしなければならぬ。どうぞ御許し下さいね。

今にきっと、分る時が来よう。どうぞそれ迄許してねェ。では御機嫌よう。

寝ている客を二人とも早く帰ってしまいたいとは思うが、その愚図々々《ぐずぐず》ったらない。

「今日は病院へ早く行かなければなりませんから、早く仕度をして帰って頂戴な、済みませんが……」

この人にも随分永く御贔負に与《あずか》った。しかしこの人達の為に自分はこうして苦しむのだ、この餓鬼共が！…と思うけれど、もう再び逢われないのかと思うと、なんとなく、変な気がする。そして自分が出た後、きっとこの人の所へも楼《みせ》の者共が押しかけて、飛んだとばっちりを喰うだろう。もし、詮議にでも遭えば何と答えるだろうか、答えるよりも驚く方がきっと先に違いない。そしてこの人もきっと「運命の悪戯《いたずら》」に苦しめられるのだろうと考えると、気の毒にもなった。

「ウ、ウーム、あ、すっかり寝ちゃった。もう何時だい、ウ、八時だって……帰ろうかなア」

一人は帰ったが、まだ××さんが残っている。時計の針は九時近くを指している。

「おばさん、済みませんが、××さんはまだ寝ているんですが、起して帰していては注射の時間に遅れますから、顔を洗わして帰して下さいね……」

「随分寝坊ネ、うっちゃって早くいらっしゃい」

相変らず、愚図っているおばさんを尻目にかけて、出てしまった。おばさんにもこれが最後のお別れ、永らく御厄介になった、「どうぞ御達者に」も心のうち。

下駄をつっかけるや否や、夢中で飛び出した。目指す所は北の裏口。しかし、一度は病院の方へ向わねば、怪しまれる。中途から引き返して、家の様子を窺いながら目星をつけた所へと歩を進めた。もしその出口が閉っていたらどうしようと、不安と怖れに戦《おのの》く胸を押さえながら……。

「あア！」

余りの驚きと失望に気が狂い出しそう……。出口は固く固く鍵にかためられてあった。

もう駄目だ。これが開いていないなら、もう出られない。

やっぱり、自分はここで死ぬように運命づけられているのか？……いいや、どんな事をしても運命を切り拓いて行かねばならぬ。「死を賭《と》して！」これが自分のこの仕事に取りかかった理由ではないか。もう二度と楼へは生きて帰らない、と、こう決心してここまで来たのでないか。死ぬまで！　死ぬまで！

そう思うと神は自分を励ましてくれるよう。

そうだ、見附けよう、どこでもかまわない、穴からでも飛び出よう。高い塀でも乗り越そう。妾は再び、心強く戦く自分を見出した。あちらこちらと探し廻って、やっと人の出入が出来そうな口を見付けた。

嬉くて、嬉くて、なんと云ってよいものやら！　天にも昇る心地とは、こんなものかしら、きっと神の御情け！

「神様！　神様！」心で叫びながらそっとあたりを見廻すと、思わずギクッとした。その通行口にある家は俥屋で、車夫が二三人自分の方をギョロギョロ見つめている。この辺には廓の犬が沢山いるとの話し、それに気付かれたらもうそれまで。出られないばかりか、虐《ひど》い目に逢う。もうこうなっては、すべて神様にお頼りして、やるだけやるより外はない。何かよい策もがなと思って、フト考えついたので、

「妾は長金花《ちょうきんか》の春駒ですが、千代駒さんとここから一緒に病院へ俥に乗って行きますから楼までむかえに行って下さいな、妾待っていますから……」

「長金花さんには抱え付けの車夫があるんじゃありませんか？」

「ええ、ですけれども、あの……一寸そこまで用事があったものですから、ま

た向うまで引かえして行くと云うのもなんですから……済みませんが一寸行って来て下さいな……」

よくもまあこんな嘘が言われたもの？……

余りに落付いて見えたからか疑いもかけず、他の車夫も皆姿が消えたよう…。

この時ぞとばかり、ずらっと一廻り見渡した上、袂から急いで帯上げを取り出して、伊達巻を隠した。

出口を出ると馳け出した。一生懸命！　後をも見ずに。

「アア、気付かれる……」こう思い出したので途中から走るのは止めた。ゆっくり、急いで、そしてその遅さ！　心のあせりに対して一向に道は進まない。

電車路へ出たら、電車は出たばかり、がっかりして了《しま》った。向う側の巡査はジロジロ見ているように思える。ややもすればうろたえ出しそうな気持を角の瀬戸物屋の店先の「十銭きん一」に集注しようと努力した。後を見てはいけないと、妾は瀬戸物の山を見廻し、背後に電車の来るのを待ちかまえた。その間の苦しさよ！

楼にむかえに行った車夫の言葉を聞いて、ソレッと追いかけて来る人の気配の幻影が自分をどれ程苦しめたか。すべてが後一二分で極《きま》るのだと思うと、いても立ってもいられない気がする。いっそ俥に？　危い。自動車に？　怪しまれる。歩く？　まごまごしていられない。そのあせり方……。

電車が来た、飛び乗った。随分そのときは安心した。動悸も先程ではない。けれども電車の中に誰か知っているものでも……なぞと思うと、その人々皆が自分を注視しているように思われて、急にわくわくして来た。

「上野へ行くには？……」

「菊屋橋で乗り替るのです」

車掌さんのその親切さ、何だか有難い人に思われてならない。

菊屋橋で下りたは下りたが、上野行はどこで乗るんだか分らない。誰にか訊こうとあたりを見ると、またぎょっとした。交番のお巡りさんがばかにジロジロと見ている。急に引き込まれるように交番に近よった。

「上野行の電車はどこで乗るんでしょうか？」

「あそこで乗るんです」

と丁寧に教えて下さった。

「有り難とうございます」と云って行こうとすると、

「君はどこから来たね」

ハッとした。妾の頭から足先までジロジロ見ているではないか。

「駄目だ！」と思うと一時にボーとするように感じた。

「……浅草田町からです」

即座に答えた。田町とは、楼の床番の住所で、楼の所を人に知らせないときに、いつもそこを娼妓達は文通に使っていた。

「どこへ行く？」

「目白へ行きます」

その問答がハッキリしていたせいか、その後は訊かれなかった。所へよい塩梅に電車が来たので、

「有り難とうございます」

と丁寧にお辞儀をして乗ってしまった。

乗ってからお巡りさんを見ると、やっぱりこちらを見ていた。妾はどれ程その方に感謝するか、幾ら感謝しても足りない。もしそれ以上訊かれたら……。

妾にはどこまでもごまかし通し得る自信はなかった。

長い、長い、上野までの電車を下りて、あたりを見廻して、初めてホッと安心した。初めて明るい所へ出たような感じがした。上野駅前の人に省線電車の乗り場所を聞いて切符を買った。そして来た電車にあわてて乗った。どうも変だと思って側の人に聞くと、横浜行きのだと云われて、驚いて、新橋で下り、引き返して目白に着いた。やっぱりその間でも恐怖に襲われ通しだった。悪い

事は出来ないものだとつくづく思った。

けれど、決してこれは悪事ではない、寧《むし》ろ正義の為の闘いだ。只自分一人の問題じゃない、あの人達の幸福への試煉だ。

「そんな弱気でどうする？　そんな誤った道徳に支配されてどうするのか、まだこれからさき、これより酷《ひど》い悪い事！　楼主達に対して――をなさねばならないお前ではないか？　もっと強く強くなれ！」

こう何物かが囁いているようだった。そして、それがどれほど自分を励ましてくれたか知れない。

目白駅から俥でとは思って来たが、もしかしたら俥屋が後で追手に話さないとも限らない。歩いて行こうと五六度道を訊いた。

宵からの雨は今朝出る時に少し止んだと思っていたら、また空一面に真黒に拡がって来た。天は自分を助ける為に、出るとき止ませ、そして今度は追手の邪魔をするかのような空模様。何から何まで自分に幸が襲い来るかのよう。

それにしても、「白蓮様？」

「白蓮様？」――今迄は逃げ出すに一生懸命で暫《しばら》くの間、自分の頭から遠ざかってはいたが。

奥様はきっとお驚きになるだろう。この前差上げて置いた手紙は御覧下さったかしら？　もし御覧下さったとすれば……しかし、この御願いを聞いて下さるかしら……もし御断りでも受けたら？……

自分はどんな事をしても御願いしよう、それより外に仕方がない。あれ程御苦労なさった方だから、御同情して下さるかも知れない。けれど御迷惑になるだろう。そして一面識もない、そして賤《いや》しい自分が……こう思うと暗い谷底へでも突き落されるよう。今迄の怖れの自分は急に失望の感じに変りかけて来た。

強く！　強く！　またどこからか響いて来た。

漸《ようや》く尋ねあてた御邸。

緑深き籬《まがき》に囲まれた奥床《おくゆか》しき御邸、古るさびた木の御門には宮崎の標札もいと懐かしい。

これぞ永らく自分の憧れの的であった白蓮夫人の愛の殿堂！

お！

奥様！

お助け下さいませ！

自分は急に泣き出してしまっていた。御邸を拝見しただけで、感激の涙がとめどなく落ちて来る。

御許しも得ない先から、有難さに身をふるわした。
「御助け下さいませ！」妾の両手はいつか固く固くむすばれて拝んでいた。
険悪な模様の空からは、大きな雨つぶが落ちて来た。

あとがき

妾《わたし》のこの拙《つた》ない日記が今、世に生れ出るというとき、妾は久しい間経験しなかったはずかしさを感じて居ります。でも情深い皆様は、妾達の生活の少しなりとも知って下さる事でしょう。

妾はああして死を賭《と》して脱出を企て、今日の安らかさにたどりついた。その間の血にまみれた数ケ月の廓生活こそ、深く書かなければならないと思いましたが……。

でも妾は道々失ってしまった健《すこや》かな身《からだ》と平和な心をひろい集めたいと思います。それに只今は、その当時の妾に、触れたくない様な事も御座いますから…。

やがて、晴々しい気分にでもなれば、ゆっくり書きたいと思って居ります。

最後に、わが身にとって救主《すくいぬし》であり、師の君と仰ぐ宮崎様御夫妻と労働総同盟の岩内様、そしてこの「光明に芽ぐむ日」の発行に就《つ》いて色々お骨折り下さった小林様の方々にあつき感謝の祈りを捧げます。

ことに御忙しいなかを色々と御指導下さった宮崎様に厚く御礼申上げます。

森 光子拝

大正十五年十一月

序

白蓮・柳原燁子

　昔から遊女は浮き川竹の、あだし苦界に身を沈めた人だと聞いていましたが、実際に遊女たちに接近する機会を持たない私は、彼女たちの真実の苦しみを知ることが出来ませんでした。

　芝居でよく見た花魁の美しさや華やかさばかり見ていた私が、どうして現在の社会にある遊女たちの心と肉体との苦しさを見出すことが出来ましょう。あの助六の揚巻や、仙台様の高尾などの権式の高いこと！　たとえ芝居に仕組まれた物語の中の人物たちとは云っても、若《も》し遊女たちの生活が、揚巻や高尾などのような晴々しいものであったなら、そんなに大して不幸なものではあるまいと、今迄の私はそう考えて居りました。場合によりては世間一般の虐げられた女たちの生活の方がはるかに哀れなものではなかろうかとさえ思っていたのです。併《しか》しそれはやはり現代とは大分かけ離れた昔の話でした。時代を隔てた遠い物語にえがかれた人達でした。私は今初めて気の毒な一人の女性の告白を聞いて、人の世の生きながらの地獄を知りました。そしてその心と肉体とを打ち砕いてしまった悲惨な言葉に泣かされました。

年若い森光子さん！　彼女は今まで私の知らなかった世界に、知らなかった苦しみと、血みどろになって戦って来た一人の女性でした。酒と肉と金とに溷《こん》濁《だく》しきっている暗らい闇に閉ざされながら、それでも自分の魂だけは汚さずに持って帰ってくれた雄々しい一人の女性でした。

身を売るということ！　私はそれは古い時代の野蛮な風習だと思っていました。然《しか》し文明だと云われる現代にも立派にそれが残されているのですもの。何とした皮肉でありましょう。食わなければ生きていられない人間！　そして身を売らなければ食われない人々！　金のために奴隷にされて肉体をさいなまれる女性！

何と厳しい因果の掟《おきて》でしょう。私はこの世の中が恐ろしくなります。それは禽獣《きんじゅう》の世界よりも暗らい人間の世界だとも云えるでしょう。美しく飾られた人間世界の半面には、陰惨な血と肉との阿修羅の地獄の存在する事を知って、私は今更のようにおののきます。
この恐るべき地獄の記録が今世間に公《おおや》けにされようとして居ります。私はこの記述を読まれる方の多くが私と同じように驚ろき悲しまれるであろうことを疑いません。

大正十五年八月

解説

斎藤美奈子

大正末期あるいは昭和初期（一九二〇～三〇年代）に、あなたはどんなイメージをもつでしょうか。関東大震災（一九二三年＝大正一二年）の後から日中開戦（一九三七年＝昭和一二年）くらいまでの時期を、歴史学では「大正モダニズム」の時代などと呼びます。

それはモダンな洋風建築が次々と建ち、百貨店や映画館などの娯楽施設が人気を博し、洋装断髪のモダンガールが銀座を闊歩するなど、都市では華やかなモダニズム文化が花開いた時代でした。しかし同時にそれはまた、都市と農村の経済格差が広がり、農村の貧困や都市の労働問題が急浮上した時代でもありました。細井和喜蔵『女工哀史』（一九二五年＝大正一四年）や小林多喜二『蟹工船』（一九二九年＝昭和四年）が書かれた時代、といえば、その厳しさが想像できるでしょう。

森光子『光明に芽ぐむ日』が出版されたのはそんな時代、一九二六（大正一五）年一二月のことでした。本書はその八四年ぶりの復刻版、というかはじめての文庫版です。『近代民衆の記録3　娼婦』（谷川健一編・新人物往来社・一九七一）に採録されたのを除けば、これまで研究者以外の目にふれることは稀だったこの本が、多くの読者が手に取りやすい形で出版されたのは喜ばしい限りといえましょう。

お読みになればわかるように、本書は吉原の郭に花魁として売られた女性の日記です。著者の森光子は一九〇五（明治三八）年、群馬県高崎市で生まれ、一九二四（大正一三）年、一九歳で吉原の「長金花」なる妓楼に身売りしました。そして二年あまりの後、決死の覚悟で着の身着のまま郭を脱出します。「初見世日記」「花魁日記」「脱出記」の三部で構成された本書（原書では二部構成）にはその全貌が綴られています。

専門の教育を受けて教師や看護婦などの職業婦人になったごく一部を除けば、戦前の若い女性の生活は、おおむね悲惨だったといっていいでしょう。貧しくとも生まれた村で暮らせればいいほうで、小学校を出ると同時に、紡績工場や製糸工場で働く女工として、あるいは全国の歓楽街に送られる花魁として、生家を後にした（身売りを余儀なくされた）女性が少なくありませんでした。

貧しい家庭で育った光子も例外ではありません。一九五七（昭和三二）年に売春防止法が施行されるまで、（近代国家にあるまじき野蛮な制度だと諸外国から批判されながらも）日本には公娼制度、すなわち国家公認の売春制度がありました。

〈怖い事なんかちっともありませんよ。お客は幾人も相手にするけれど、騒いで酒のお酌でもしていればそれでよいのだから〉。そんな周旋屋の甘言を真に受けて、どんな仕事をさせられるかも知らぬまま、借金と引き換えに吉原に赴き、遊女の「春駒」となった光子。彼女の身分こそ、まさに公娼制度の中にある「娼妓」でした。

したがって、本書の第一の意義は、これが当事者の視点から見た、当時の娼妓の生活の貴重な歴史の証言になりえている点です（文中の網掛け部分は当局の検閲が入った箇所で、おそらくは性的な表現が伏せ字扱いになったものと考えられます）。

証文は一三五〇円なのに周旋屋が二五〇円も懐に入れる。玉割（娼妓の取り分）は楼主と借金を除くと一割にしかならない。年季あけまで六年という約束も、費用のすべてを娼妓自身が持つため、借金がかさんでいつまでも年季あけには至らない。そんな理不尽な郭の中の金銭配分をめぐるシステムを、光子は厳しい目で鋭く告発しています。また張店（品定め用の窓がついた遊女が集う部屋）のようすから定期的に行われる病院での検査まで、こまごました日常が多くの数字をまじえて綴られています。

本書の意義その二は、この本が読み物としてもおもしろい、第一級のノンフィクションである点でしょう。

光子の生き生きとした書きっぷりは、まるで才気にあふれた現代の女の子のよう。これが八〇年以上も前の女性の日記であることに、読者はむしろ驚くのではないでしょうか。

苦労の末に三〇歳をすぎて娼妓になった海千山千の紫君さん。光子に問われるままに、吉原に来たいきさつを自嘲気味に語る弥生さん。仲間たちにさりげなく別れを告げて、お客のひとりと逃避行した花山さん。あるいは仲間の話で知った、性病で死んだ力弥さんに震災で命を落とした花里さん。ここには大勢の遊女が登場しますが、そのいずれもリアリティにあふれた人物として描かれています。ことに光子の親友・千代駒さんに好きな人ができ、そわそわと落ち着かなくなる「花魁日記」の最後のほうのくだりなど、まるで小説を読むようです。

このような描写が可能になったのは、もちろん光子の優れた観察眼と冷静な分析力、そして筆力によるところ大ですが、その裏に、書くことで自らを保とうとする光子の強い意志があったことも忘れることはできません。〈復讐の第一歩として、人知れず日記を書こう〉と誓った日から、光子の意志は終始一貫ぶれません。ときには〈妾は、もう、日記を書くのも嫌やになった。当分止そうかしら。ペンをほうり出して、床にもぐる〉ことがあっても、翌朝には〈矢張書こう、書く事は妾を清める〉と自らを鼓舞する光子。林芙美子の日記を再構成した『放浪記』（一九三〇＝昭和五年）より四年も早く、このような本が出ていたことに新鮮な驚きを感じざるをえません。当事者によるこの種の手記がきわめて稀なのは、彼女らの教育レベルの問題というより、過酷な労働の下で日記を書き続けることがいかに困難だったかを物語っています。

という風に考えてくると、本書の第三の意義は、なんといってもこの本が「告発の書」である以上に「希望の書」であることでしょう。

我慢に我慢を重ねた光子が、柳原白蓮（燁子）のもとに駆け込むまでのスリリングないきさつは、おそらく後日、白蓮のもとで書かれたであろう「脱出記」で明かされていますが、こうした「冒険」が可能になったのも、日記の力が大きかったのではないでしょうか。

ちなみに本書への序文も寄稿している歌人の柳原白連は、筑豊の炭鉱王・伊藤伝右衛門の妻の座を捨て、新聞記者の宮崎龍介との恋愛に走ったことで、当時話題の女性でした。姦通罪があった時代のこと。光子にとっての白蓮は、自由な女性の象徴だったにちがいありません。

『光明に芽ぐむ日』の翌年、森光子は続編ともいうべき『春駒日記』（一九二七＝昭和二年）を出版していますが、著作は生涯にその二冊のみ。没年や著作権継承者も不明とのことです。

ただ、『近代民衆の記録3　娼婦』に収録された谷川健一氏の解題によると、『光明に芽ぐむ日』は光子が去った後の長金花にも影響を与えたようで、千代駒さんから光子にあてた手紙では、娼妓たちがストライキに近い行動を起こしたことが書かれています。また、復刻版『春駒日記』（ゆまに書房・二〇〇四）の解説で、渡辺みえこ氏は、光子がその後、彼女を自由廃業へと導いた外務省の属吏・西野哲太郎と結婚したこと、西野がそのために外務省を追われたことなどを記しています。

たった二冊の本だけ残して消えた森光子。しかし、その本で千代駒さん同様、励まされた女性がどれほどいたか。それこそが記録の力というべきでしょう。

（さいとう　みなこ・文芸評論家）

本書には現在使用することが好ましくない表現があります。内容の持つ時代背景を考慮し、原則として原本のまま掲載しましたが、一部個人情報などの観点から編集しました。原本で伏字となっている部分は網掛けし、長いものには行数を付しました。文庫化にあたっては、読みやすさを考え、適宜句読点を付し、表記を現代仮名遣いに改めました。

冒頭の柳原白蓮の歌二首は、原本の前見返し・後見返しに自筆で掲載されていたものです。また、「序　柳原燁子」は「序 白蓮・柳原燁子」に改め、巻末に移しました。原本は「初見世日記」「脱出記」の二部構成ですが、「初見世日記」を「初見世日記」と「花魁日記」とに分割し、三部構成としました。

著作権継承者については現在判明しておらず、鋭意調査中です。お心当たりの方は、小社編集部までご一報いただけますと幸いです。

朝日文庫編集部

吉原花魁日記《よしわらおいらんにつき》　光明《こうみよう》に芽《め》ぐむ日《ひ》　朝日文庫

2010年1月30日　第1刷発行
2021年4月10日　第7刷発行

著　者　森《もり》光《みつ》子《こ》

発行者　三宮博信
発行所　朝日新聞出版
〒104-8011　東京都中央区築地5-3-2
電話　03-5541-8832（編集）
　　　03-5540-7793（販売）
印刷製本　大日本印刷株式会社

Published in Japan by Asahi Shimbun Publications Inc.
定価はカバーに表示してあります

ISBN978-4-02-264535-7
落丁・乱丁の場合は弊社業務部（電話03-5540-7800）へご連絡ください。
送料弊社負担にてお取り替えいたします。